新潮文庫

すべてはエマのために

月原　渉著

新潮社版

11790

目次

すべては
エマの
ために

All for
Emma

Wataru Tsukihara

——はるか西の国の幻想奇譚

『死の季節』を知っているだろうか？

ルーマニアの秋のことだ。この国の旧いお伽話で、秋分以降のハーブは死の季節のものとして、摘まずに枯らさなくてはならないとされている。それは魔女のハーブなのだ。

お伽話はこう続く。美しい双子の姉妹が、意地悪い継母に家を追い出され、それぞれが春の国へ、秋の国へと行く。春の国の娘は、春に咲く命のシンボルのハーブとなり、秋の国へ行った娘は、秋に咲く死のシンボルのハーブとなった。

第一次世界大戦期、ルーマニア王国、首都ブカレスト

髑髏（どくろ）に咲く花 ――エマ

「ケルビン・ヘルムホルツ不安定性」

わたしは、自分の置かれた状況を忘れて答えた。前を歩く姉のリサは、ちょっと驚いて振り返った。そして、わたしがどこかへ行ってしまわないよう、繋（つな）いだ手を握り直した。からんだ指から、姉さんの緊張が伝わってくる。

「なに、それ？」

姉さんは聞きなれない単語の意味を知りたいというより、こんな状況でわけのわからないことを云い出した妹にあきれた様子だ。

「流体力学上の概念」

「エマ、あのね――」

姉さんは少しイライラして、

「──わたしは答えが知りたかったわけじゃないのよ」

「でも、聞いたじゃない」

わたしは、自分たちの足元で形作られる不規則な水流を、小さなランタンで指し示した。首都ブカレストの地下、今は使われていない下水道の底には、かく乱を帯びた奇妙な流れが形成されていた。姉は、この不可解なうねうねの流れを見て、妹に「何だろうね、これ」と質問したのだ。だから、わたしは答えた。

「淡水と海水みたいに、濃度の異なる層が形成されて、その二つの層に速度の違いがあると、こういうふうに流体の不安定が発生するのよ」

「それが、ケルビンなんとか？」

「ケルビン・ヘルムホルツ不安定性」

わたしは繰り返した。まるで、紅茶に角砂糖を入れて溶かしたときみたいに、ゆらゆらと水流がうねっている。

「そういうの、どこで仕入れてくる知識？」

「コットー先生が教えてくれた。わたしが、あの川と海の境目でうねうねしてるのはなあに、って聞いたら、詳しく教えてくれたよ。……徴兵される前だけど」

「……うん」

姉である彼女は、妹の生意気なうんちく披露に対する怒りを引っ込めてうなずいた。ウィリアム・コットーは、小学校の教師で、わたしたち姉妹もだいぶ可愛がってもらった。欧州大戦の勃発と、ルーマニアの参戦で、彼のような善良の塊みたいな人が、徴兵されて戦地に送られるのは胸が痛んだ。

「地下だけど、海岸線からは遠いから、塩水が流れ込んでいるわけじゃないと思う。不純物が混じった水と、そうじゃない水が、濃度の差でうねうねしてるんだよ」

「この状況で役に立つ知識じゃないね」

姉さんはそう云って嘆息した。

わたしたち姉妹が、首都ブカレストの地下下水道で、流体力学の妙な掛け合いをしているのには理由がある。

戦争が始まった当初、ルーマニアは中立の立場でいた。しかし、国王のフェルディナンド一世は、隣国のオーストリア＝ハンガリー帝国の領土トランシルヴァニアが欲しくて、イギリスやロシアを後ろ盾にして参戦した。

ルーマニアは農業国で、徴集された兵隊も大半が農夫だ。刈り入れ時には畑のある家に帰らなければならない。そんな軍隊だったから、数はいても近代的な他国の軍隊に敵う訳ない。オーストリアに宣戦布告すると、周囲の大帝国がすべて敵に回った。特に、ドイツの進撃はすさまじく、ルーマニアは黒海沿岸部を制圧され、首都のブカレストも風前の灯火だった。

故郷のコドロア村から、寄宿舎に入って首都の学校へ通っていたわたしたち姉妹も、攻め寄せてくるドイツ軍と、抵抗するルーマニア軍の戦いに巻き込まれた。

姉は、看護学生であったから徴用されて病院で傷病兵の手当てにあたっていた。だが、病院が爆撃されてしまって、もう逃げるほかはなかった。

この地下下水道は、かなり以前に作られた旧市街の遺構（いこう）で、雨水が流れこむ程度の地下の穴倉にすぎず、そのため軍の緊急避難用の経路として設定されていた。

だから、わたしたちは爆撃と銃撃を避けて、この下水道に逃げ込んだ。くるぶしまで水に浸かり、薄暗い地下道で迷っていた。

そう、迷子だ。

地下下水道は嫌がらせみたいに入り組んでいて、枝道と分かれ道が無数にあって、考えなしに入り込んだわたしたちは途方に暮れるしかなかった。

持ってきたランタンの燃料も心もとない。幸い、地下道の天井には地上と繋がった縦穴があって――そこから雨水が流れ込む――外光が射しこんでいた。真っ暗闇になるということはないが、不安なのは変わりなかった。

使用されていない下水道で、汚物が流れ込んでないのは助かった。足元を流れる水は、澄んでいて、忘れられた場所の、忘れられた記憶を、そのままにとどめていた。

「ほんと、誰もいないね」

姉さんは周囲を注意深く見まわしている。

それはそうだ。こんな場所に逃げ込むのは、よほどのことがない限りは御免こうむりたい。他の人だってそう考えるだろう。地下道が広域にわたるせいか、ルーマニア軍の兵士との邂逅(かいこう)もなかった。

「手を離さないで」

姉さんが握った手に力を込める。

わたしはうなずいた。

周囲から見ると、わたしたち姉妹はとても仲が良く見えるらしい。そのことをあえて否定しようとは思わない。実際、十六の姉さんと、二つしか年が違わない姉妹にしては仲は良いほうだと思う――年齢が近いと、どうしても仲たがいは多くなる――が、わたしが姉さんを全面的に肯定しているとは思わないで欲しい。

姉さんは、東欧のラテン系気質を継ぐルーマニア人らしく、熱しやすい性格だ。

ルーマニアには、マルツィショルという風習がある。春の訪れの習わしで、三月一日に男性が女性に赤と白の紐をより合わせた装飾品を贈る。ささやかな伝統行事だけれど、わたしはある年に、近所の男の子から、赤色の小さな人形をプレゼントされたことがあった。その子は、いつもわたしに何かしら悪戯(いたずら)をしてくる子で、それもあって姉さんとの折り合いが悪かった。

そのときも、赤面してぶっきらぼうにお人形を押し付けてくる男の子に、わたしが戸惑った態度だったので、目撃した姉さんが誤解した。また妹が近所の悪ガキに悪戯をされていると、そう勘違いした姉さんは、納屋にいる豚を担ぎ上げて、男の子に投げつけた。

悲鳴とともに豚と男の子の頭が衝突して、彼はほうほうのていで逃げだした。

姉さんは村でも評判の美人だが、豚投げのリサというありがたくないあだ名で呼ばれ、わたしはその妹という立場だ。

姉には分別というものを覚えて欲しい。

だけど――

首都の看護学校へ通うようになってから、姉さんの変化は顕著だった。以前から責任感の強い人だけれど、職業的な責任や、人間的な道義意識を強く自覚するようになっていた。つまり、大人になっていた。

つないだ手に力を込める。

指をしっかりと絡ませる。

――いつか、姉さんがどこか遠くへ行ってしまう気がしている。

子どものころ、自転車に乗って学校へ行った。自転車は一台しかなくて、いつも姉が前でペダルを漕ぎ、わたしは後ろに乗っていた。姉は性格をあらわすように前のめりになって、力任せにペダルを漕ぐ。妹を振り落とさんばかりの調子で。わたしは必死になって姉の腰に手を回してつかまっていなければならなかった。

どんなに抗議しても、遅れるからってスピードを緩めてはくれない。前ばかり見て、そのうちに一人で自転車に乗り始める。

ずっと子供のままではないんだから、姉さんだって看護婦になって仕事にまい進するだろう。運命の出会いをして、結婚するかもしれない。自立して、自分の道を歩み出すのだから、それは必然だ。

そして、わたしとは違う道を歩んでいく。

ぎゅっと胸の奥が痛んだ。

手の中に、二人で作った温度がある。

これは永遠ではない。それを強く自覚した。

髑髏の眼窩に咲く花がある。

戦火を逃れて入った地下下水道、その深奥にある遺構に、わたしたちは迷い込んでいた。古い石積の隘路の先に、柱が並ぶ広い空間がある。そこは地下墓地で、ずっと前の世紀につくられた場所だ。

「お墓だね」

「うん」

わたしはうなずいて、薄暗い石壁に並んだ棚を見た。ずらりと古代の遺骸が並んでいる。古い人骨の山は、すっかり乾いてしまっていて、薄気味悪さというよりも廃墟のような寒々しさがあった。

その奥に、ひとつの髑髏がある。

天を見上げるようにして、ぽっかりと開いた眼窩から、みずみずしく名もない花が咲いている。天井の穴から射しこむ光が落ちていた。

雨水の流れ込む穴から、気まぐれに種子が入り込み、日の光の射す場所で芽吹いた。奇妙な偶然が作り出した光景が、心に刻みつけられた。

「引き返そう」

姉さんが踵（きびす）を返すと、爆音とともに地下空間が揺れた。ドイツ軍の猛攻はまだ続いている。地下下水道を抜ければ、市街の外れに出るはずだ。だが、そこが安全とは限らない。この、人知れず、誰も来ることのない場所にとどまったほうが安全かもしれない。迷い、姉さんの動きが止まった。

水面を踏む音。

姉さんとわたしは顔を見合わせた。

地下下水道に響くのは、確かに人の足音のようだった。

不思議ではない。地下下水道は、ルーマニア軍の非常経路で、もしもの場合は逃げ込むように指示されている。事実として、わたしたちも兵士にここへ逃げるよう云われた。混乱の中で、何人がたどり着けただろうか。

だから、わたしたちと同じく逃げ込み、地下下水道のあまりの広大さに迷って、ここへやってくる人間がいてもおかしくなかった。

問題は、やってくる人物がどんな人間か、だ。

民間人や、ルーマニア軍の兵士なら問題はない。

侵攻してきたドイツ軍の兵士が、地下下水道の存在を知って、探索に乗り出した可能性は捨てきれなかった。

――わたしだって、何も知らない子供ではない。

敵軍の兵士が、国際的な協定をお行儀よく守って侵攻してくるなんて思わない。銃火と、硝煙（しょうえん）と怒号の飛び交う戦争が、人を変えるのを知っている。理性を蝕（むしば）み、醜悪を顕（あら）わにする現実を理解している。

それは世界を嫌いになるシステムだ。

わたしたちのような暴力に抗う術のない人間にとって、脅威とはいつもそうして創り出されて、解き放たれる獣だ。

姉さんがわたしを引き寄せ、ぎゅっと胸に抱く。頭一つ分ほど身長に差があるので、わたしは姉さんの胸に顔をうずめる格好になる。嗅ぎなれた匂い、高鳴る鼓動。固い決意を秘めた眼差しが、わたしを見つめる。

「エマ、よく聞いて」

姉さんは、わたしの耳に囁いた。

「その石櫃の陰に隠れていて。小柄なあなたなら、きっと見つからずに済む」

「絶対、嫌」

頭を振るわたしに、姉さんは断固として、

「お願い」

「姉さんも一緒に」

「わたしでは、あの陰に隠れるなんて無理。だからね、エマ、あなたがあそこに隠れているのが一番いいの。そうすれば、何かあったとしても、あなたは助かる」

「姉さんは勘違いしてる。わたしだけ助かっても、わたしは決して救われるわけじゃない。姉さんが犠牲になったんだって、ずっと後悔し続けなきゃいけなくなる」

「でも――」

姉さんはわたしの両腕を掴んで、

「――あなたに助かって欲しいの」

「姉さん、云ってたじゃない。ナイチンゲールの看護の精神は、犠牲じゃなくて合理的精神によるものなんだって」

涙がこみ上げてくる。姉さんが看護婦を志したのは、敬愛するフローレンス・ナイチンゲールに憧れたからだ。

本当の献身が、犠牲ではなくて合理だと知っているはずだ。

なのに、どうして――

「ここで二人とも危険にさらされるのが合理だなんて思わない。あなただって、そう思うでしょう？　心配いらない、ここはルーマニア軍の非常経路。やってくるのは、ルーマニア軍の兵士。だから、お願い」

強く押し出される。

姉さんはいつもそうだ。自分の考えを変えない。

納得したわけではなかったけれど、姉さんの言葉を理解できないわけではなかった。

朽ちかけた石櫃の陰に身をひそめる。姉さんの方をうかがうと、心配ないというふうにうなずいてくれた。

地下墓地は、ここでどん詰まりになっている。他に逃げるような場所はないから、足音の主がやってくるまで待ち構えるしかなかった。

地上と通じた穴から光が射している。地下墓地はいく筋もの光線の中、ただよう粒子がきらきらと輝いていた。

水を蹴る足音が徐々に近づいてくる。

姉さんの横顔は緊張していた。

わたしは、持っていたポーチの中から果物ナイフを取り出した。こんなものが身を守る役に立つとは思えない。けれど、もしも姉さんが危険な目に遭うようなら、物陰で黙っているつもりはなかった。

足音は間近まで迫る。

そして一人の兵士が姿を見せた。

まだ若く見えるけれど、顔がひどく泥だらけで人相がわからないほどだ。軍服もだいぶ汚れている。激しい戦火を潜り抜けてきたのだろう。消耗し、疲弊(ひへい)して、ライフル銃によりかかるように歩いている。薄暗がりと、染(し)みついた汚れのせいで、それがルーマニア軍のものか、敵軍のものなのか判断がつかない。

兵士は、人がいるなんて思いもよらなかったのだろう。疲れ切って立ち止まり、そこが地下墓地であるのに気がついた。

姉さんと目が合った。

兵士は駆け寄って、姉さんを抱きしめた。

わたしは果物ナイフを手にして立ち上がった。狼藉するつもりなら、ゆるさない。そう思って踏み出しかけて――

――姉さんの視線が、わたしを止める。

奇妙な困惑があった。

「ネネ様」

兵士は、歓喜の表情とともに涙を流していた。

「ご無事だったのですね」

「誰かと勘違いしているのではありませんか？」

姉さんは、そう返しながら、わたしのほうをちらりと見た。まだ、相手の意図がわからないから出てきてはいけないと、その目が云っていた。わたしは仕方なく、もう一度石櫃の陰に隠れた。

「なにをおっしゃるのです、あなたは確かにネネ様だ」

「いいえ、わたしは――」

そこで姉さんは、何かに気がついたようにはっと表情をこわばらせた。兵士の身体に触れた姉さんの手が赤く染まっていた。

最後の力を使い果たし、兵士は崩れ落ちるようにして倒れる。姉さんはそれを支えて、

「しっかりしてください」

「良かった、本当に、最後にお会いできて……」

脂汗（あぶらあせ）にまみれた顔、優しい瞳が、姉さんをいつくしむ様に見る。色を失って震える唇が、とぎれとぎれに、想い人を語る。

「……この戦火は、しかし好機かもしれません。ロイーダ家に縛られ、あなたは苦労してこられた。そこから逃れる、またとない機会だ。あなたが何よりも望んだ自由が手に入るのです」

「しっかりしてください」

姉さんは、すばやく傷の状態を確かめていた。

「目がかすんできた――あなたはどんな顔をされているだろうか」

「わたしは――」

「悲しいと思う必要はありません。あなたは自由を得て、それで晴れやかにご自分の道を歩んでいかれるといい。……わたしのことなど、お忘れになって……」

潮が引くように、声から力が失われていく。

「これを」

兵士は、姉さんに銀の指輪を手渡す。

「お返しします。わたしには過ぎた品だ」

「あなたは――」

「……お別れです。あなたにお仕え出来て良かった……」

兵士はがっくりと脱力する。

わたしは物陰から出て、

「もう行こう。逃げないと」

わたしは姉さんの手を引いた。姉さんは、後ろ髪を引かれるようにして振り返り、手の中の銀の指輪を見て、歩き出す。

「それ、どうするつもり？」

「あの人の想い人に渡してあげたい」

姉さんは律義にそう云う。全然関係のない人に対して、その想いに責任を負う必要なんてないはずなのに。

わたしは唇を噛(か)んで、振り返った。

その瞬間、地下空間に激震が走った。

天井が崩れ落ちてくる。

落石と土煙で視界が遮(さえぎ)られる。

姉さんと繋いだ手が離れた。

続く衝撃で倒れ込む。視界が歪んで、立っていられない。崩れかけた柱に寄りかかって、なんとか体勢を立て直すと、声の限りに姉さんを呼んだ。

返事があった。

「エマ」

もうもうと煙る中、わたしは姉さんの声を頼りに進んだ。

すぐ姉さんを見つける。

落石にやられたのか、姉さんの右側頭部から血が流れていた。

「だいじょうぶ、すぐに逃げよう」

姉さんは、よろけながら立ち上がる。わたしはそれを支えて歩き出す。

遠く戦闘の音が近づいてくる。

背後を振り返る。

その奥で、髑髏に咲いた花が散った。

呼び声　——リサ

血を見るのは平気だ。

わたしは、特別な才能には恵まれなかったけれど、こうした妙な特性があって、将来的な職業選択において役立てることを考えた。それは、看護婦が最もふさわしい。少なくとも、血を見て卒倒（そっとう）する看護婦の話は聞いたことないから、間違いではないはずだった。

首都の看護学校へ進学を検討したとき、下見にやってきた寒村の娘を、後進の育成にあたっていたヴァーネ夫人は温かく迎え入れてくれた。わたしが血を見ても平気だから、それで看護婦になろうと考えたと話すと、

「なれ、というのはあるものでね——」

ヴァーネ夫人は、よく通る柔らかい声で語った。彼女が教師として特別であったのは、この声の良さも大きな要因だったろう。

「――たいていの看護婦は、出血の現場を多く経験して耐性を得る。血を見ても平気になるのよ。だからね、それ自体が看護婦としての天性なのかはわからない。でも、出血の現場に遭遇して、動揺してこの道をあきらめてしまう人もいるから、そうした心配なく、研修や勉強に励めるのは確かでしょうね」

彼女の言葉に、公平性をともなった導きを感じたのが決め手となって、わたしは進学を決めた。

それからすぐに戦争が始まったが、この道をあきらめることはなかった。

ブカレストの秋から二年あまりが経った。あの戦いで首都はあっさりと陥落し、ルーマニア政府はヤシ市に遷都して逃げ出した。十五万もの兵士を置き去りにして、彼らが捕虜となって不遇の扱いを受けることを顧みなかった。この戦争の後ろ盾はロシアであったのだけれど、ロシアが革命で戦争を離脱すると、ルーマニアにもはや戦う力などなく、降伏して講和条約を結んだ。

流れた血は何のためだったのだろう。首都を防衛すべく奮戦した命は無意味だったのだろうか。王家と政治家と、軍人たちが取り決めた戦争の顛末には怒りを禁じ得なかった。

　戦時下で、爆撃されたとき負った傷のせいで、右側の聴力は失われたままだったが、幸いにしてわたしも妹もあの地下下水道から逃れることができた。崩れかけた地下道を抜けて、陽光の輝く街外れに出たとき、解放感とともに深く安堵したものだ。

　妹のエマは、わたしの耳のことを気にかけてくれていたけれど、こればかりは仕方がない。命が助かっただけ幸いだ。学校の勉強や研修への影響はほとんどなかったのだから。

　それより、気になっていたのは、あの地下墓地で出会った若い兵士のことだった。幻影の想い人へ託された指輪は、今もわたしの手元に在る。本当に望んだ人へ、いつか返してあげたい。そんな切実な思いを抱いていた。

　ただ、手がかりがあるわけではない。政府は戦時の混乱から脱したばかりで、一兵士の生死について関心を抱いている余裕はなかった。

　戦争が落ち着くと、再開された学校で戴帽式も終えた。学校を出れば、勤め先を定めなければならない。恩師のヴァーネ夫人は、地方都市のいくつかの病院を候補にして、推薦状を書いてくれた。

　ささやかな就職活動の最中、わたしは彼女に教室へと呼び出された。他に人気はなく、ヴァーネ夫人が個人的な話をしたいのだとわかった。

「あなたは優秀で、このご時世だから、そういう人を欲しがる病院はいくらでもある。法外な高給を望まなければ、どこでもやっていけるでしょう」

努めて抑えた口調で、教師としての威厳を損なわないようにしている。ヴァーネ夫人を冷厳な人だと揶揄するのは、封建的な軍医たちだけで、看護学生からは母親のように慕われていた。わたしも例外ではない。

「リサ・カタリン？　聞いていますか？」

ヴァーネ夫人は、わたしの物思いを咎める。

「はい、もちろんです」

「わたしの話はそんなに退屈？」

「フローレンス・ナイチンゲールとヴァーネ夫人が、わたしの尊敬する人です。退屈だと感じるはずがありません」

「小夜啼鳥」

その名を口にする時、ヴァーネ夫人は窓の向こう、遠く空へ視線を向ける。そこで小夜啼鳥が明るくさえずるのを眩く見るように。

ナイチンゲールは彼女の理想でもあった。保守的で、女性の地位の低いルーマニアで、いくつの挫折が彼女を打ち据えただろうか。

それでも、ヴァーネ夫人はあきらめずに後進の育成にあたった。徹底した準備と確認とに神経を費やすナイチンゲール式の厳格な教えは、わたしの中で確かに根付いていた。人の命にかかわることの意味を教えてくれた人なのだ。

「リサ、話は、あなたの進路についてなのです」

ヴァーネ夫人は話を戻した。

「はい、聞いています」

「……良い条件の病院へ推薦しようと考えたのですが、それとは別に相談事があるのです」

彼女は、迷っているふうで、わたしの反応を注意深くうかがっていた。

「ロイーダ家を知っていますか？」

いまここでその名を聞くとは思わなかった。二年前の首都攻防戦で、あの瀕死（ひんし）の兵士の口から聞かされたのと同じものだ。

「……知っている様子ですね」

「いえ、わたしは知らないんです。ただ、人づてにその名を聞いたことがあって」

「どういう経緯なの？」

「ブカレストで、戦火から逃げていた時の話です」

わたしは隠さずに経緯を話した。その常軌（じょうき）を逸（いっ）した内容に、ヴァーネ夫人は眉をひそめた。

「実はね、あなたを雇いたいという人がいて、それがロイーダ家なのよ」

「わたしを雇いたい？」

「ええ、若い看護婦を希望しています。ロイーダ家は、マラムレシュ地方の北に残る、やんごとなき血筋の縁戚になります。金満で、条件としては申し分ありません」

「いったいどうして、そんな家が看護婦を？」

「現在の当主が病で臥せっておられるのだとか。それで、つききりの看護婦を求めていて、希望に合うのがあなたなのだけれど」

ヴァーネ夫人は、そこで一度言葉を切って、云い直した。

「あなた個人を希望しているようでね」

「わたしを？」

問い返した。ヴァーネ夫人にしてみても、わたしから何がしかの答えを得られると考えていたのかもしれない。いっそう不可解そうに、

「就職を希望する看護学生の中から、あなたを指名したのよ。そういうことはあまりないことだから、あなたがツテを頼ったのかもしれないと思ったのだけれど」

「そんなことしてません」

わたしの実家は北部のコドロア村だ。農村で、名のある家柄とのつながりなんてある

はずがない。母は、戦争の混乱の最中、昨年亡くなっている。父親の存在は確かに謎ではあったのだが――

「どうしますか？」

ヴァーネ夫人は、わたしの意思を尊重している。だが、あきらかにそのマラムレシュの北にあるロイーダ家に行かせたくなさそうだ。

「あなたの看護に対する考えや、姿勢は多くの人の役に立つものです。旧家でただひとりのために働くのが幸いなのか、よく考える必要はあるでしょうね」

「今、ここで決めることはできません。ただ、気になるのは、そのロイーダという家の方々が、どうしてわたしを求めるのか、です」

「会ってみますか？」

ヴァーネ夫人は、机を指先でとんとんと叩いた。

「そのロイーダ家の方にですか？」

「ええ、面談と云う形で、先方の話を聞くことはできます。就職は大きな選択ですから、慎重を期すべきでしょう」

「はい、先生のおっしゃるとおりにします」

わたしは承知した。ヴァーネ夫人はすぐ段取りをしてくれると約束した。

二日ほど後に、連絡があった。

面談は承知されたが、奇妙な条件がいくつかついた。

ロイーダ家の家人が面談を行うが、出席できるのはわたしだけ。他に同伴者は認められないということ。

場所はロイーダ家の指定するところで、この件については口外しないように厳重に注意をすること。

そして、ロイーダ家の家人は顔を隠して面談するということだ。


会う場所には旧いアパートメントの一室を指定された。警戒心はあった。何かあくどい出来事の一端に触れているようで、そのままこの話は無かったことにしても良かった。ただし、わたしは二年前の首都攻防戦で亡くなった兵士が頭から離れなかった。

この二年、ロイーダという家名で人探しをしようと思わなかったわけではない。あの無名兵士が託してくれた指輪を、本当の想い人のところに届けたいと願っていた。けれど、戦争の混乱は続いていたし、家名だけで人探しをするのは困難だ。なにせ、わたしはあの兵士の名前も知らないのだから。

同じ家名だからといって、あの兵士の関係者だとは限らない。偶然はあり得る。それでもなお、わずかな可能性があるなら、会わないという選択肢をとるわけにはいかなかった。

あの人の最後の言葉に責任を感じていたのだ。

『……お別れです。あなたにお仕え出来て良かった……』というあの言葉に。

面談の場所を提供してくれたアパートメントの主に礼を云って待った。アパートメントの主は人の良さそうな老婆で、昔、ロイーダ家に仕えていた使用人だという。香りのよいお茶を出されて、何気なく話していたのだけれど、その老婆はわたしの顔をじろじろと見た。面談の前で、実に落ち着かない気分にさせられる。

居心地悪く待っていると、時間通りに相手が現れた。

時代がかった深紫のロングドレスに、舞踏会で使うような仮面で顔を隠している。その恰好より、相手が自分とそう年の違わない女性らしいことに驚いた。

「ネネ・ロイーダです」

そう名乗った声と口調に、奇妙な親近感を覚えた。簡単にいいあらわせないような、不思議な感覚だ。

そして、二年前の記憶が蘇る。

『……お別れです。あなたにお仕え出来て良かった……』

胸の奥がちりちりと焦がれるように疼く。

――ネネ？　彼女が、あの兵士の想い人なのだろうか。

動揺を抑え、わたしは居住まいを正す。

「リサ・カタリンです。本日は無理を云ってしまって申し訳ありません」

「いえ、いいんです。どちらにせよ、雇うとなればお会いしないわけにもいきませんから」

ネネと名乗った女性は、仮面の奥で目を細めた。わたしを見ている。正確には、わたしの顔を。

「驚いたわ。本当にまだ生きていたなんて……」

「あの、いったいどういうことなんでしょうか。なぜ、わたしを指名して雇いたいとおっしゃっているのか、それがわたしにはよくわからないんです」

わたしが勢い込んで聞くと、ネネは居住まいを正した。

「ええ、そうでしょう。あなたには事情がよく呑み込めていないでしょうから。でも、ロイーダ家が看護婦を求めて、あなたが見つかった。これは必然であるように思えるの」

「わたしにわかるよう説明していただけないでしょうか」

そう、わたしが求めると、ネネは仮面に手をかけた。長い髪が揺れて、さらさらと流れ落ちる。そして仮面を外した。

「これが答えよ」

あらわれた彼女の素顔を見て、わたしは混乱のあまり悲鳴を上げた。

彼女の顔は、双子のようにわたしとそっくりだった。

守護天使　——エマ

姉にも話していない秘密がある。

　わたしには守護天使がいて、それがときおり、支えとなって守ってくれる。きっかけは十二歳の時で、その時わたしは生まれ故郷のコドロアにいる子供だった。ある日学校から一人で家に帰ると、母は不在で、姉はまだ帰っていなかった。いつもの習慣で家の前に在るポストの中身を確認する。一通だけ、油紙の封筒に蜜蠟（みつろう）で封をした古風な手紙が入っていた。

　宛名はエマ・カタリンとある。わたし宛だけれど、全く心当たりはなかった。差出人の名前はない。わたしは鞄をベッドに放り出すと、ナイフでもってその封筒を開けた。中には一枚の便箋が入っていた。

『拝啓
突然の手紙に驚かれただろうと思います。

わたしは母君の昔の勤め先で共に働いていた者です。下賤の者ですが、そこで幼いあなたの遊び相手を務めさせていただきました。あなたは憶えておられないとは思いますが。

たまたま、身辺の整理をしていたところ写真が見つかったので、当時が懐かしく思い出され、こうして筆を執った次第です。

どうかこれからもお体を大事にして、お幸せに過ごされることを願っております
――』

「なにこれ」

わたしはベッドに寝転がったまま、そのよくわからない文面を眺めた。小さなころのわたしを知っていて、よく可愛がってもらったらしかったが記憶には無い。そもそも、その手紙には名前も書かれていなくて、誰のことなのかさえさっぱりわからないのだけれど。

誰かが仕組んだデタラメということもあり得た。ただし、同封されていた写真には若い頃の母が――当時もカメラで写真を撮るのは貴重だったはずだ――赤子を抱いて幼子を連れているところが写っていた。幼子は姉のリサだとわかる。抱かれているのはわた

しに間違いないだろう。だから手紙の信ぴょう性はかなりあった。

母に聞いてみようかとも思った。けれど、あの人にはわたしにかまけている暇はない。娘二人を育てるのに必死で、ずっと仕事に没頭しているのだ。

姉は姉で、最近は学校行事で忙しい。進学を控えて、だいぶ神経質にもなっている。この程度のことで煩わせたくなかった。だから、わたしはその手紙に書いてある連絡先に返信を書くことにした。

連絡先と云っても、北マラムレシュの私書箱だ。どうも手紙の主は自分が何者なのかを伏せておきたいらしかった。

『お手紙をありがとうございます。わたしはコドロアで元気に過ごしています。ところで、幼いころにお世話になったというあなたは、どなた様なのでしょうか――』

そんなふうに返信すると、また手紙が来て、

『返信をいただけるとは夢にも思いませんでした。あなたが不審に思われるのも無理はありません。しかし、本来わたしはあなたに連絡をとることを固く禁じられているのです。やむにやまれぬ事情ゆえに名前を伏せていることをどうかご容赦ください――』

と、そんな調子だった。普通は怪しいと思うだろうけれど、文面や書かれている文字から、とにかくわたしのことを気遣ってくれているのがわかった。わたしが学校での出来事を書いたりすると、飛び上がらんばかりに喜んで返信をくれて、不思議と胸の奥が

温かくなった。

その不思議な文通は、今もまだ続いている。他人にその話をしたことはない。母にも、姉にも話していない。

守護天使さんが、自分のことを伏せておいて欲しいという思いが伝わってきたからだ。わたしは守護天使さんに、話しにくい相談事などをするようになっていたから、そのこともあって文通は誰にも話さない秘密になっていた。

首都への進学の時にも相談して、守護天使さんは経済的な面で支援しようかとさえ申し出てくれた。わたしは断った。警戒したというよりも、その秘密めいて神聖なやりとりに、金銭的な汚濁を持ち込みたくなどなかった。

だから、首都で病気になった時も、守護天使さんに手紙を書いた。返信はすぐに来て、それはとても衝撃を受けているという内容だった。

わたしは、また守護天使さんに手紙を書く。

心配しなくていいから、わたしには姉さんがいるから――

優しい守護天使さんのことだから、まだ心配しているだろう。

でも、本当に大丈夫。

わたしの守護天使はもう一人いるのだから。

黄金の血　――リサ

わたしが首都の看護学校へ入学するとき、もっとも気にかけたのは妹のエマのことだった。すでに自分の道にまい進すると決めていたわたしであったけれど、寒村に二つ年下の妹を残していくのはためらわれたのだ。

熱しやすい性格のわたしと違って、エマは穏やかで物静かだ。子供のころからずっとわたしの後を追って歩いた。編み物や料理が好きで、小さな子供の面倒を見るのが得意だ。

良いお母さんになりそうだったけれど、エマは男性が少し苦手で、そのままコドロア村に残っていれば、結婚を強制されて――ルーマニアは保守的で、自由恋愛などほとんどない――知らない人のお嫁になるのを怖がっていた。

わたしは母に無理を云って、首都のルーマニア正教の修道院に付属する学校にエマが入れるように協力した。それはエマの希望で、わたしは彼女の進路を応援していた。修道女として穏やかな人生を望むのは、いかにも優しい妹らしかった。

首都での学生生活は多忙で辛い時もあったけれど、時々、妹とお茶をしたりした。

看護学校へ入る前のわたしは、少々おおらかな性格をしていた。手際よく物事を進めるために、段取りを省略したりするのは日常茶飯事だった。担当教師のヴァーネ夫人はそんなわたしに非常に細かく精密に、どんな準備も怠りなく、省略も許さないという姿勢を見せた。薬品のチェックなどはその最たるもので、二重のチェックどころか三重のチェックを課すことも珍しくなかった。

「一度確認すればそれでいいと思う」

わたしはテーブルに突っ伏して弱音を吐いた。妹は、ぐだつく姉を冷静に見て、

「姉さんは、看護するとき怖くない？」

「……どうしてそんなふうに思うの？」

「そのヴァーネ夫人っていう先生は、姉さんがミスをした後に、どんな思いをするかよく知っているんじゃない？　患者さんがどんな結果になるかも。だから、姉さんに厳しく接しているのよ。それとも――」

エマは、目を細めて、

「――意地悪をするような人なの？」

「違う」

「だったら、姉さんはそれが正しいのだってわかってるはずじゃない」

わかってる。重々承知していますとも。

ヴァーネ夫人の善意を微塵も疑ったことはない。彼女が厳しくとも慕われているのはそれが正しいことだと理解されているからだ。研修や教壇以外の場所では、嫌味な厳しさなんてかけらもなかったし、手作りの焼き菓子をふるまったり、私事の悩みに親身になって応えてくれたりした。

「自分のミスで人が死ぬかもしれない。その人の人生が変わるかもしれない」

エマは、胸の前でゆるく両手を合わせて指を組んでいた。少し首をかしげて、こちらをうかがうような目をする。それは彼女が心配をしてくれているときに見せる仕草だ。

「そうだね。安易なことより、面倒なほうを選択したほうがいい。もしも事故が起こったらって考えたら……」

研修の忙しさで愚痴を云った自分が恥ずかしくなった。

それは、ずっと怖いことだった。

「姉さんは、自分の道に一生懸命なんだよね」

エマは微笑した。わたしは緊張を解いて、

「うん」

「愚痴なら聞く。嫌になったりしないようにね」

エマの笑顔。それはわたしにとって大切だ。妹のような人間が、自由で穏やかに生きられる世の中であって欲しいと願った。

せめて、つましく生きられるようにと——

——だが、運命はそういう人に鞭(むち)を打つ。看護学校の卒業を間近に控えたころ、エマは体の異変を感じて相談してきた。わたしはすぐに病院へ行くことを勧めて、ヴァーネ夫人のはからいもあって国立病院の医師によく診てもらった。妹の身体には腫瘍(しゅよう)ができていた。取り除くのにも問題ない場所であったが、手術には問題があった。

エマの血液型だ。

医師は、彼女の血は黄金なのだと説明した。抗原がまだ未解明の部分が残っているのだと。

（Rh抗原が発見されるのは一九四〇年を待たなければならない。ボンベイ型などの極めてまれな型はさらに後である。著者注）

手術には輸血が必要だ。わたしと妹では血液型が違っていた。母はすでに亡くなっていたし、もし生きていたとしても血液型は異なっていた。

放置すれば命にかかわると医師は云ったが、かといって手術用の血液を確保できる見込みはなかった。ルーマニアは戦後の混乱期の真っ只中で、国際的な枠組みとも無縁だった。

一九一四年から一五年にかけて、血液の抗凝固剤としてクエン酸ナトリウムが利用できることがわかっていた。それでも血液を保存できるのは十日間ほどで、手術に必要な量を確保するのも現実的ではなかった。

国内で、近親者から適合者を探し、連れてくるしかなかった。

一刻も早く、だ。

そのときにあらわれたのが、ネネ・ロイーダだ。

あの容姿の酷似は、血縁関係を示している。

妹を助けてくれる血は、ロイーダ家にあるのではないか。

小夜啼鳥（ナイチンゲール）の鳴く頃に ——エマ

穏やかな風薫（かお）る朝だった。

小夜啼鳥がさえずっている。太陽はまだ弱い日差しを投げかけ始めたばかりで、澄んだ空気が満ちていた。夜の気配が去った後の、この気怠いまでの穏やかさが好きで、わたしは夜型のわりに早起きが好きだった。

姉のリサはそれを良く知っていて、わたしが起きていると直感してやってきた。姉さんは旅立ちの支度を終えていて、すぐにでも北マラムレシュへ旅立つのだ。

「できれば、ずっとついていてあげたいけど」

「心配はご無用。ねえ、聞いて、あの鳴き声——」

わたしは、窓の外、冬を控えて寂しくなり始めた木々の枝を指した。

「――小夜啼鳥が鳴いている。姉さん、アンデルセンの童話は知ってるでしょ？」

「うん、でも、今は朝だし」

姉さんは、ちょっと笑った。

わたしは姉さんの笑顔が好きだ。でも、大人になるにつれて、姉さんはあまり笑わなくなった。人前で笑顔を見せたりするけど、大半が他人の目を気にしたもので、それは本当の笑顔じゃなかった。

姉さんはヨーグルト入りのパンが好きで、それをトーストして表面をカリっとさせて、台所でこっそり食べているとき、ほくほくの笑顔をしている。誰にも見せないはずの、そんな無邪気さが姉さんの本当だ。

「まあ、朝でも違いはないかな」

そんなふうに調子を合わせてくれる姉さんは、わたしを気遣っているのだろう。

アンデルセンの童話には、小夜啼鳥が夜に鳴くのは、死神を遠ざけるためだという逸話がある。今、窓の外で鳴く小夜啼鳥は、わたしに付きまとう死神を遠ざけてくれているだろうか。子供っぽいと思いながら、そう信じたかった。

「ロイーダ家と、母さんが関係しているかはわからない。わたしたちの出自がそこにあっても、血縁者の中にエマを助けられる適合者がいるかわからない。でも、それを確かめることは必要だと思う。ネネが、そうであればいいんだけど」

姉さんから、自分とそっくりな容姿の人がいるという話は聞いていた。それがロイーダ家の人なのだと。二年前、首都の地下墓地で出会った兵士が、そのネネという人と姉さんを間違えたのなら、うなずける話だ。

――でも。

なんだろう、この胸の奥でふくらむ不安は。

あの兵士の一途(いちず)な想いが、感化されるように熱を帯びた姉さんの眼差しが、思い出すたびにわたしを不安にさせる。兵士の想いは姉さんに向けられたものではないが、いつか悪いものを引き寄せるのではないかと――

――考えすぎだ。

わたしはきっと、病気のせいで悲観的になっている。姉さんの笑顔に合わせて、わたしも少し笑った。姉さんはうなずいて、

「できるだけ早く戻るつもりでいる」

「でも、ロイーダ家には看護婦として行くんでしょう？」

「表向きはね。そうしないと、いきなりやってきた部外者のわたしの話を聞いてはくれないだろうから。いくら、容姿が似ているといってもね」

「無理をしてはダメだよ」

わたしはそう忠告することを忘れなかった。もう、幼い頃の自分たちではない。わた

しが熱しやすい姉を諌める役目をする必要はなかった。それでもわたしは、自分のせいで姉さんが無理をするのではないかと不安に駆られた。

「だいじょうぶよ」

姉さんは、わたしの好きな最上級の笑みを見せてくれる。

「エマのこと、きっと助けるから」

その決意が、姉さんの善性と責任感とが、どうか彼女に災厄（さいやく）をもたらしませんように。

朝の光の中で鳴く小夜啼鳥に、そう願わずにはいられなかった。

出会い　――リサ

淡くなった陽光に、冬の気配を感じる。長く住んだ学生寮を出て、わたしは古い旅行鞄ひとつで、北マラムレシュへと旅立った。美しい声で小夜啼鳥が鳴いている。前途を祝福されているようにも、憐(あわ)れんでいるようにも聞こえた。

トランシルヴァニアまでは鉄道を利用して、そこからはロイーダ家が二頭立ての馬車を迎えに寄越(よこ)した。御者(ぎょしゃ)の老人はトッドという人で、いかにも働き者らしく、がさがさに乾燥した大きな手で、わたしの旅行鞄を積み込んでくれた。

トッドはドブロジャ地方――ワインの名産地だ――の甘口のワインを水のように呑んだ。御者をするのに、これがないとやってられないと一口あおった。それから彼の妻の手によるものだという、茹(ゆ)でたジャガイモに塩を振って頬張った。茹でたトウモロコシも取り出して頬張った。そうしてワインを呑んだ。

わたしは閑散とした表通りを眺めた。

ひとりきりの旅はやはり少し寂しい。出発の前日にはヴァーネ夫人が壮行会を開いてくれた。友人たちは職が決まれば離れ離れになることを覚悟していたので、ささやかなお別れ会は終始和やかな雰囲気だった。

ヴァーネ夫人は最後まで毅然としていたが、送り出してくれる間際に少しだけ涙を見せた。後悔することがあったら、すぐに戻ってきてもいいと云ってわたしを抱きしめた。彼女が持たせてくれた、焼き立てのパンの包みが温かった。

わたしが荷物とともに馬車へ乗り込んでも、御者の老人は一向に出発しようとはしなかった。不思議に思って質問すると、まだ客がいるのだという。北マラムレシュへの旅路はひとりではないらしい。気分が軽くなったけれど、同行者がどんな人物なのかは気になった。気の合う人ならいいが、そうでないなら、長旅はゆううつなものになるだろう。

通りの向こうから、一人の女性がこちらへやってきた。ロングコートを着て、帽子を深くかぶっていた。艶のある髪が肩のあたりまで流れ落ちている。彼女は御者の老人に話をすると、荷物を積み込んで、わたしの隣へ座った。

「こんにちは」

わたしが挨拶すると、彼女はすっと目を細めてこちらを見た。じろじろと、頭のてっぺんから足の先まで観察しているふうだ。

それから、つんと、顎をそらした。

――なんだこいつ。

相手の態度に腹が立った。

首都の学校に通うようになってから、だいぶ抑制することを覚えていたが、それにしても本質が変わったわけではない。ラテンは血気盛んだ。妹には、さんざんに注意されていたが、わたしはただでさえ気が短いのだ。

北マラムレシュへの旅は、どうやら穏当なものにはならないようだ。同行者はどうもいけ好かないやつで、容姿からして外国人なのかと思えたが、それはどうでもよくて、とにかく腹が立った。

手入れの良い艶のある髪と、陶磁器のような肌、身に着けているコートも生地の良いもので、全体的にお嬢さんといった感があるのも癪だ。先ほど、わたしを見て小馬鹿にしたのは、わたしが身に着けているのが学生時代から愛用しているコートで、さすがに少しくたびれてきているのを見透かしたからに違いなかった。

給金をまだ得ていない貧乏学生上りの身分では、服装にお金をかけられないのは仕方なかったが、それにしても見下されるいわれはない。

馬車の中は狭く、身体を密着させなければならないのも苛立ちを高めた。わたしは相手をにらみつけた。

「……うなりながら睨（にら）まないでくれませんか？」

「なんだと」

かっとして相手の襟首（えりくび）をつかんだ。

「ちょっと失礼が過ぎるんじゃない？」

「挨拶返されないのは不満？　自分は無視されない特別人物であると？」

ぽんぽん言葉を返してくる。ちょっと頭が良くって、ルーマニア語の切れも鋭い。おどしが通じるような相手じゃなかった。

「そんなこと云ってない。あんたの態度が気に食わない」

「ラテンの気質で、実にロムニらしいですね」

その一言で、頭の中で何かが弾けた。

相手の襟首を締め上げるように絞る。

その時、がくんと衝撃があって馬車が停止した。

睨み合っていたわたしたちは、その衝撃でおでこをしたたかにぶつけ合ってしまう。

「Чёрт（チョールト）（クソが）」

「なんなのよ、もう」

御者のトッドが、

「事故のようですねえ」

と、声を上げる。

隣の女は、わたしを突き放して馬車から飛び出した。わたしも彼女を追って飛び出した。馬車のすぐ前に、煙を上げて壁に激突した車がある。傍（かたわら）には驚いた顔をして倒れている通行人らしき姿――こちらは無事だ――と、道を横切ろうとした通行人を避けようとして激突したのだろう、車から放り出され、うつぶせに倒れている男性が目の前にいた。

「手伝って」

女が声を上げる。わたしは駆け寄った。

「そっと動かして、注意して」

うつぶせに倒れた人を、細心の注意をはらってあおむけにした。

「自発呼吸は無し。蘇生処置」

彼女は手で探って位置を確かめてから胸骨圧迫をはじめる。その迷いのない思い切りを見て――だいたいの人は内臓破裂や骨折を怖がって力が足りない――医療関係者だと知れた。

男性が病院に運ばれるまでの間、彼女は冷静に処置をつづけた。途中で蘇生は成功していたが、表情は厳しいままだった。

その視線が意識を取り戻した男性の顔に向けられ、一瞬だけ表情が崩れる。

虚ろな目の男性に向かって、彼女はとても穏やかに微笑した。

だいじょうぶだからと、安心させるようにうなずいた。

人間はいつも何かで表情を隠している。嘘で自分の顔を覆っている。仮面のように。

だから、傷ついた人を安心させるためにその仮面をとって本心をさらけ出した彼女の顔が、とてもまばゆく見えた。

病院に運ばれるのを見送り、彼女は馬車に戻る途中、

「冷静でしたね。それに血を見ても動揺しなかった。あなた看護婦？」

「そう」

「邪魔しなかったのはどうして？　自分の方が適切に処置できると思いませんでしたか？」

「あなたの方が手馴れているように見えた。邪魔なんてするはずない。患者さんを助けるのがわたしたちの第一の使命だもの」

わたしはそう答える。

不思議だった。

険悪な空気はほぐれていた。

ともに何かをやって、それで職業的な使命感に共感し合うだけで、わたしたちはだいたいの確執を取り除けていた。諍(いさか)いが起きるのは相手に対する理解が足りないのが原因で、行動に移す前に話し合いをすべきなのだというのは妹の言葉だ。それは間違っていなかった。

彼女は天を仰いで、

「……ごめんなさい。失礼なことは、取り消します」

そう、ひどく素直な声で云う。わたしは熱しやすく冷めやすいというか、すっかり毒気を抜かれていて、彼女の迷いない応急処置にも感心していたから、

「うん、わたしこそ、乱暴なことしてごめん。馬鹿にされたんだって思ったら、かっとなってしまって」

「云い訳ではないけど、馬鹿になんてしていません。逆に、わたしのほうが馬鹿にされてるのだと思った。点呼みたいに挨拶を強要する連中が多かったから」

彼女の主張に思うところがあった。この時代、この場所にいる外国人なのだから、もっと早くその可能性に気がついているべきだった。

「他意はないんだけど、あなたロシア人?」

「いえ、日本人です」

「日本人……」

欧州大戦から惨禍を広げた第一次世界大戦は、ドイツやその周辺国にいた外国人の運命をも大きく変えた。母国の参戦によって欧州にいた日本人留学生や医者、労働者や旅芸人（日本人にはサーカスや曲芸で生計を立てている人がかなりいた）は、拘束され、抑留されるという憂き目にあった。

釈放されてスイスなどの中立国経由で帰国する人が多かったという話だが、彼女のように一部は欧州にそのまま残った。

あのブカレスト攻防戦で敗れたルーマニアもドイツの軍門に下り、外国人は抑留され、囚人同様の扱いを受けたはずだ。

彼女の妙にぎこちない、不遜ともとれる態度の理由がわかった。

「ますます、ごめん」

「気にしなくていいです。抑留施設だと、初対面の相手をあまり信用するわけにいかなかった。そのときの人間不信が抜けなくて」

「よくわかる」

わたしはうなずいた。彼女はすらりと均整の取れた背丈をしていて、顔立ちも彫が深かったが、それでもやや童顔で、付け入る隙のある人物だと思われないように警戒しなければならなかっただろう。

保護という名目でドイツ政府が行った抑留は、お世辞にも人道的な措置とは云い難く、抑留施設は劣悪だ。彼女は若くしてかなりの苦労を重ねたはずなのだ。

「留学していたんだけど、戦争が始まってしまって。ルーマニア経由で第三国へ出国するつもりが、抑留されてしまった。それで解放されたのですけど、西側はまだ混乱が続いているから、当面はここに残ろうかと」

「うんうん」

馬車の中で、わたしは彼女の身の上話を聞いていた。

「ロイーダ家の当主が難しい病気で、専任の医師と看護婦を雇って、つききりの治療を必要としてるって。珍しい症例だというので興味もわいて、なによりも条件が破格だったから飛びついたのです。厚遇すぎて、疑問もありますが——」

彼女は医師だ。

そしてロイーダ家に請われた。

彼女はこちらの反応をうかがう。わたしはうなずいた。

——疑問は確かにある。


ロイーダ家のネネと面談したあの日、わたしは彼女が自分とそっくりの顔をしているという事実に驚かされた。

それは赤の他人というには奇妙すぎる。

血のつながりを感じさせるものが確かにある。

『わたしたちには同じ血が流れている。そうは思わない？』

ネネは、そう云って核心に触れた。

思い当たるふしがないわけではない。わたしの母はコドロアという寒村で一人で暮らした。女手一つで娘二人を育てて、首都の学校へと送り出した。父親の話は一切聞いたことがない。母は亡くなるまで、秘密を隠し通した。

『リストアップされた看護学生の候補の中に、カタリンの名を見たときは、偶然の一致に過ぎないと思った。けれど、あなたの写真を見て、確かにこれは、血の宿業（しゅくごう）の為せる業だと確信したわ。出会うべくして出会ったのだと』

ネネはわたしの手を強く握る。

重ねた手の温度。母親とそうした記憶が蘇った。

鏡を見るように同じ顔が目の前に在るということが事実だった。

『一人の娘が、十六年前、子供を連れてロイーダ家を出奔した。あなたがその娘の子なら、わたしたちは血縁者で、帰郷は必然なのよ』

そう強く求められた。

わたしは半信半疑だった。

しかし、彼女とわたしがきわめてよく似ていることは確かだ。ロイーダ家に看護婦として赴くことについては保留していたが、妹のことがあって事情が変わった。ネネや、ロイーダ家との血縁関係があるなら、エマを救うために必要な血液を確保できるかもしれない。適合する血液型の人間がいる可能性は高かった。

表向き、わたしは看護婦としてロイーダ家に行くことにした。いきなり妹のことを話して、協力してもらえるかわからなかったからだ。

やんごとなき血筋の人間にとって、わたしたちは厄介者になる可能性があった。悪くすれば醜聞だろう。

できるだけ慎重にことを運ぶ必要がある。けれど、ぐずぐずしてはいられない。今こうしている合間にも、エマの命が蝕まれている。一刻も早く適合する血液を確保して、手術する必要があるのだから。

手術を二か月以上延ばすべきではないと、エマを診た医師は助言してくれた。わたしは、近親で適合しそうな人を必ず連れてくると約束した。

「……そちらも、何か事情がありそうですね」

麗しい医師の彼女は、北マラムレシュへ向かう馬車の中で、わたしのことをそんなふうに訝しんだけれど、必要以上には立ち入ってこなかった。

「まあ、いいです。変に勘ぐると、またカッとなって頭突きされそうです」

「しないよ、あれは事故だって」

「ああ、まだ、頭がくらくらします」

「お互いに痛い目をみたんだから、おあいこだよ」

「そうですね、ラテン系を刺激すると危ういという貴重な学びを得ました」

考えてみると、とんでもない出会いだった。いきなり、医者と看護婦が、とっくみあいをして、頭突きをしたのだから。

「バレたら、妹に怒られるなあ」

「あら、妹さんがいるんですね」

彼女はちょっと興味あるようで、

「可愛いです？」

と聞いてきた。わたしはうなずいて、

「そりゃあ、ね」

「わたしは天涯孤独なので、うらやましく思われますね」

「そうなんだ」

「そのおかげで、あちこちをふらふらとできるわけですから、悪くはないのですが」

「ふらっと留学を？」

「いえ、日本にいる人たちのために、西洋の医療技術を持ち帰りたいのです。病院をつくって、困ってる人の助けになりたい。業の深い、わたしの罪滅ぼしです」

「立派だ」

感心した。わたしは彼女のように多くの人のことを考えているわけではない。わたしが守りたいのは、切実に一人の家族のことだけだ。

そこで、自己紹介さえまだしていなかったという事実に気がつく。

「わたし、リサ。リサ・カタリン」

「あ、忘れていました。わたしは――」

彼女はそこで悪戯っぽく笑って、

「――シズカ。シズカ・ロマーノヴナ・ツユリ」

ロイーダの娘 ――リサ

ルーマニアは農耕、牧草地が国土の六割以上を占める農業国だ。その自然は遥かなカルパチア山脈の三つの山脈系からなり、そこから流れ出る豊かな水が、母なるドナウ川に合流して国土を潤していた。

ドナウ川の下流にはルーマニア平原が広がり、微細な泥土や黒土によって形成された土地は、大農業地帯だ。灌漑（かんがい）なしでは生産が安定しないほど乾燥が激しい地域ではあるが、ドナウ・デルタは、水に恵まれた広大な湿地帯で、野鳥たちが大群をなして、夕闇の迫る茜色の空を渡っていく様は美しかった。その先は黒海へと至る。

一方でトランシルヴァニア地方は盆地で、北部と西部が低く、南カルパチア山脈から流れ込む河川の行先でもあった。南部から東部は高原、中部から北部はおだやかな丘陵地帯だ。ブドウ園をはじめとした果樹園があり、牧畜もさかんだ。馬車で北上すれば、可愛らしい三角屋根の古い教会がそこかしこに姿を見せる。植生は、標高が高くなるにつれてナラやシデ林から、ブナやカラマツの森へ変わる。

高山から冷ややかに吹きつける風、黒々とした木々、草原が風に波打ってどこまでも続く丘陵。真っ白な三日月が、空で冴え冴えと、この乾いた土地を見下ろしている。まるで、お伽話の幻想世界へ入り込んだかのようだ。

今は冬に入りかけのころで、のどかな田園風景はいっそう色あせている。カルパチア山脈もくすんで見えた。

わたしの人間関係の構築について、姉に対する厳しい批評家である妹は、よく『姉さんは物事を力ずくで解決できると思っていない？　相手を殴って、相手が殴り返してきて、そうやってお互い傷つけあうことでしか分かり合えないって考えてない？　それって間違ってるよ』としごくまっとうな意見を口にした。

――わかってるけど、もやもやを抱えたまま生きるのって辛くない？

「わたしも妹さんの意見に賛成。リサは直情的すぎます」

シズカは、馬車に揺られながら、赤みがかった額を痛そうにさすった。

「いや、わたしだって、そんなに日常的に暴力をふるってるわけじゃないよ。仕方なく、そういう状況が発生しているってだけだから」

「普通の人は、そういう状況でも躊躇（ちゅうちょ）しますね」

「シズカだって逃げなかったじゃん」

「それがわたしの流儀です」

シズカは、背が高くてすらっとしていた。わたしと比べても遜色（そんしょく）ない。体力はあるようだ。抑留生活で身に着けた、ふてぶてしさみたいなものが、彼女を強く見せていた。

「普通、暴力沙汰に発展したら、もうその人間関係おしまいです。仲直りなんて絶対無理です。それが初見だったら最悪としかいいようがありません」

「シズカはゆるしてくれたし」

「ゆるしてません。わたしのほうにも失礼があったと認めただけです」

「素直じゃないなあ」

「どの口が、そういうことを云うのでしょうね？」

シズカは、柳眉（りゅうび）を逆立てる。空気がちょっとぴりっとするけど、不快じゃなかった。

論理的な思考をするシズカと、直情傾向のあるわたしでは、まるきり正反対であったのだけれど、最終的な手段をためらわないという一点だけは共通していた。

「なかなか複雑です。リサと考えを同じくしているっていうのは。でも、右の頬をぶたれたら、左の頬を差し出せという、キリスト的な境地になれないのは事実ですね」

「そこだけは同意」

わたしはうなずいた。

平和主義者であり、わたしの守護天使である妹ならば話し合いで解決すべしと説いただろう。それがもっともよい手段で、けれど苛酷な現実を知る者にはむずかしいということを、抑留経験者と戦争体験者は思い知らされていた。

「北海道に似ています」

シズカは、そんな感想を述べた。

馬車から見える、牧歌的な風景は北マラムレシュを象徴するものだ。

「ホッカイドー？」

「日本の北にある土地。北マラムレシュは冷涼で、北海道にとてもよく似た気候。農耕と牧草地、冬が訪れると、とても雪深い場所になります」

「ふうん――」

そんな会話をしていると、鉛色の空から、ちらちらと雪が舞い始めた。

馬車は、街道を外れて、荒れた山道へと入っていった。

「北マラムレシュのロイーダ家について、何か聞いていますか？」

「いいえ、ネネからは何も」

気にならなかったわけではない。だが、調べてみても、それが旧い家筋なのだということぐらいしかわからなかった。北マラムレシュに残る、やんごとなき血筋の傍系だ。

「現在の当主は、オイゲンという人です」

「調べたの？」

「これから担当する患者ですから。ネネさんから少しだけ話を聞いたのですが、旧家は秘密主義らしく、核心的な話はありませんでした」

「その人が病気なのよね」

――もしかすると、そのオイゲンがわたしたちの父親なのかもしれない。父親なら、エマと血液型が一致する可能性はある。

「いったいどういう病気なの？」

「わかりません。ネネさんは詳しく話してくれませんでした。こちらとしては、そこが一番気にかかるところなのですが」

「重病なら、首都の病院で診てもらうことだってできるでしょうに」

「必要とあれば助言はします。でも、そうはならないでしょう」

「どうして？」

「今まで、山深い田舎に引きこもっていたのは、わけがあるのだろうということです。旧い家筋ですから、色々と」

「やんごとなき血筋？」

「ええ。傍系と云っても、世間的には価値のある血筋。二年前、ルーマニアは首都が陥落して、ドイツに降伏した。他国に、そうした意味のある血筋の人間をわたすわけにはいかない。戦後も王党派と軍、急進的な民族主義者の駆け引きが続いているから、表立って姿を見せるわけにもいかないのでしょう」

「だから、こっそりと医者と看護婦を手配したのね」

「そういうことです」

シズカは、うつろう風景を見つめる。

やんごとなき血筋の当主。彼は、出奔(しゅっぽん)した血族をどう思うだろうか。それが自分の娘であったなら、優しく迎え入れるだろうか。その娘が病気で手術が必要となったら、輸血用の血液を提供してくれるだろうか。

邪険に扱われて、追い払われる可能性もある。

まず、どんな人物なのか知っておくべきだろう。

雪の中を、馬車は走り続ける。

わたしは車中で、ヴァーネ夫人が焼いてくれたパンを取り出した。シズカは食料を用意していないというので、半分を分けてあげた。

彼女は怪訝(けげん)な顔で受け取って、一口パンを噛んだ。そして目を見開いた。

「美味しい」

シズカの目が輝く。

「美味しいでしょう？　ヨーグルトを生地に練り込んで、ふわふわに仕上げるのよ。ヴァーネ夫人のパンはどんな職人にも負けないんだから」

「その人に会ってみたいですね」

「わたしの先生だよ。首都の看護学校で教えてる」

「大した人です。この仕事ぶりは愛情がこもっています」

「……うん、妹と、先生がわたしの大切な人かな」

「親は？」

シズカは、ちらっとこちらの様子を見た。

「父さんはいない。母さんがいたけど、もう死んじゃったし、正直あんまり好きじゃなかった。わたしと妹を、軍の将校と結婚させたがってた。奨学金をもらって、首都の学校へ逃げたのはそういうのもあったから」

「なるほど」

シズカはうなずいてパンを齧（かじ）った。

「シズカは？」

「両親ともに行方不明です。わたしは施設に預けられていました。自分には親などいないと思っていました。同じような境遇の仲間が何人かいて、弟や妹みたいで、その子たちも苦労してたから、わたしが何とかしてあげたかった。働いて資金を貯めて、留学して医師になるつもりでした。けれど、政府は女性にはなかなか留学の許可や資金的な援助をしてくれなくて。困っていたのですが、母があらわれて援助してくれました。勝手な人です。何年も放っておいたのに」

「うん」

わたしはパンを噛んだ。

「だから、帰国したら、資金を募って病院を建てるのです」

「うん」

またわたしはパンを噛んだ。いつもと変わりなく先生の愛情を感じた。

シズカの云ったことは間違いではない。最悪の出会いをすると、その後に人間関係を修正するなんてことは不可能に近い。だから、わたしとシズカがこうして同じパンを噛んで、身の上話に共感してしまっているのって、奇跡に近いことだ。

少なくとも、わたしはシズカを悪い人間だとは思えなくなっていた。

シズカは苦笑いして、

「この頭痛、パンを噛むたび思い出してしまいそう」

それは真実で、わたしはこの出会いを忘れることはできそうもなかった。

きっと、永遠に――

挿話

　トランシルヴァニアへのドイツ人の入植は十二世紀ごろにはじまったのだとされている。この地方の人口構成で多いのはルーマニア人だが、歴史的経緯からハンガリー人とドイツ人が都市部に多く住み、交易路の主要な都市へと発展した。入植によって流入した石工によって、石造りの要塞教会と呼ばれる集落群が形成されていったが、これは東方正教会の教会に影響を与えた。

　都市部と異なり、農村部は経済力が乏しかったために、入手が容易な材料で教会建築が行われた。マラムレシュの木造教会はそうして数多く建てられた。

——神はいるのだろうか？

トリシャ村の簡素な木造教会、そのアプス——壁面に穿たれた半円形の突出部——に描かれた宗教画、イコンを見て、わたしはそんな無為な想像に身を任せる。

わたしにとって、宗教は縁遠い存在だった。父も母も信心深い人ではあったが、早世したために娘に厚い信仰心が引き継がれることはなかった。

『アリシア、人の役に立つことをしなさい』

母は、わたしが六歳のときにそう云い残してこの世を去った。

——神が本当にいるのなら、どうして困っている人、弱き人をお救いにならないのか？

子供だったわたしは、そうした疑問から信仰に心をゆだねる気になれなかった。神学者や宗教家は、答えを見出しているのかもしれなかったが、子供にとっては不可解で、不合理でしかなかった。

——人を救わない神なら、そんな存在に用はない。

悪魔のほうがよほど合理的だと思える。

孤独な魂に、あたたかな火をともしてくれる存在。

悪魔イェレこそが真の信仰だ。

母は、わたしに人の役に立てと云い遺した。

わたしはアプスを離れる。木造教会はその材質の強度上の問題から、ドイツ人たちが誇る要塞教会のような大きさを持ちえない。すぐに入り口に到達する。そこから表に出ると、汚れた軍服にぼろ布をまとって、寒さをしのいでいる兵士の姿が見えた。

戦争の推移がどうなっているのか、正直なところあまり関心を抱いていなかった。以前はそれなりに関心を向けていたが、ルーマニア王国の首都が陥落してからの、泥沼の欧州情勢は聞くに堪えなかった。

敗残兵、負傷兵や逃亡兵が絶え間なく戦地から流れ出てくる。

そうした人たちに同情心から施しをする人は多い。兵士たちが教会の前に集まっているのもそれを期待しているからだ。冬を迎え、体力のない者は道端で凍りつく運命だ。

『アリシア、人の役に立つことをしなさい』

母の遺言は今でも心の奥底に響く。

わたしは鞄からこの地方でスラニーナと呼ばれる豚の脂身の燻製(くんせい)と、ツイカというプラムでつくるブランディを取り出した。庶民的な酒で、りんごや洋ナシ、アプリコットなどを材料にする場合もある。ツイカは染みるように味わい深く、この地方の文化的な儀式とも密接にかかわっているが、より切実に必要とされて呑まれた。

冬の季節に、辛い労働に耐えて命を繋ぐために欠かせなかったのだ。スラニーナの脂身を、強い酒で流し込むと、脂肪とアルコールが混じって、よく体を温めてくれる。

わたしは、寒さに震える兵士にスラニーナとツイカを配った。負傷兵はもとより、行き場を失った逃亡兵もかなり弱っていた。

酒と燻製を配りながら、そうした兵士たちをよく注視した。

身体にさほどの傷もなく、病気を抱えているわけでもない者は、施しをする女に感謝しながら、その肌に、欲望の入り混じった視線を向ける。遠慮がちの者もいれば、露骨にじろじろと見る者もいる。

「あんた、綺麗な肌をしているね」

酒を渡したとき、手を握られた。

「ありがとう、よく手入れをしているから」

わたしは外套(がいとう)の前を少しはだけて見せた。

外套の下は薄絹(うすぎぬ)だけで、セパレートの下着のラインがあらわになる。この兵士は古めかしいコルセットで身体を締め付けた女しか知らないだろう。

酒と、豚の脂身とが、体に熱を持たせて欲望を刺激する。

『アリシア、人の役に立つことをしなさい』

もちろんだ、わたしは役に立っている。見ているだけで何もしようとはしない神とは違う。

「向こうに納屋があるんです。そこなら、寒さをしのげますよ」

わたしが誘うと、兵士は喜色を浮かべて応じる。

兵士と奉仕女の色恋沙汰など、ここでは珍しくもない。戦地に入れば、どこも状況は同じだ。周囲の人間も全く関心を抱かない。たとえ何があったとしても。

わたしは役に立っている。

神とは違う。

閑散とした道を歩きながら、それだけを考えていた。

ロイーダ家　――リサ

ルーマニア北部、マラムレシュ地方。

地域の半分をロドナ山脈が占め、高原と丘陵、それにともなって美しい田園風景が見られる。産業化の波にさらされなかったために、古い教会や建築群が後世に遺された。

ロイーダ家のあるトリシャ村は、マラムレシュ地方に散在する小村のひとつだ。黒々とした森と、急峻な丘との間に挟まれた狭い土地。無数に連なる三角屋根、家々の壁はかなり年季の入った代物だ。

銀世界の中に描かれた影絵のような景色。まばゆく雪に照って、濃い陰影をつくる古い町並みは、幼い日に読んだ絵本の世界そのものだ。とはいっても、都市の華やかさはなく、忘れられた土地の忘れられた集落は儚げだ。

冷気で、鼻の奥がつんと痛む。

この地方都市に郷愁を感じるのは、わたしのルーツがここにあるという証拠か。あるいは、ただの錯覚で、この胸の奥の感情は、だれしもがこの風景に抱く共通のものなのだろうか。

自分の置かれた立場を忘れて、少し胸の高鳴りを感じた。旅行者のような新鮮な気分ではなくて、帰ってきた実家で温かく迎えられる心地だった。

家々の煙突から薄く煙がたなびいている。スープの良い匂いが小道に漂っていた。頬を赤くした幼子が、窓ガラス越しにこちらを見て微笑んだ。道筋は除雪されていて、北国の人たちらしく団結が強いのだと知れた。

わたしの顔を見た幼子が、家の前に走り出てくる。

「姫さまだ」

そう云って馬車を指さす。すぐ母親らしい女性が出てきて、幼子を抱えて家に連れ戻した。

シズカが、こちらを見てけげんな顔をする。

わたしは帽子を目深にかぶり、毛糸で編んだ襟巻をまいて口元まで覆った。それは口イーダ家のネネから、事前に聞かされていたことだった。

『あなたの容姿を見て、驚く人がいるかもしれない。事情がやんわりと伝わって、何事もなく受け入れられるまで、顔はなるべく見せないようにしたほうがいいわ』

――わかっている。わたしの容姿が他人の目を引くのは好ましいことではない。特に、ネネとの血のつながりの可能性は伏せておいた方が無難だろう。

「シズカは、ネネの顔を見たことある？」

わたしは気になって、同行の日本人に聞いてみた。

「ありません。わたしと会ったとき、彼女は仮面で顔を隠していました。自分の顔を知られるのは嫌なのだって。事情はなんとなく察せられました。家系によるものだろうと」

彼女は、自分もコートの襟を立てて、顔を半ば隠した。

「ルーマニアも変ってしまいました。保守勢力が農村部で伸長して、外国人に対して排他的になっている。戦争で外国人がたくさん流入したから、気持ちはわかりますが、人の心が変わってしまったみたいで――悲しいですね」

「戦争があったからね」

わたしはそう応じた。

――戦争はルーマニアを少しずつ変えている。

ホーエンツォレルン家出身の新生ルーマニア王国君主カロル一世は、縁戚のドイツ帝国と親密な関係にあったが、急逝して甥のフェルディナンド一世が即位すると状況は一変した。フェルディナンド一世の妃はヴィクトリア女王の孫で、妻の影響によって王と国は急速にイギリスへと傾斜したのだ。欧州大戦のさなかにあって、イギリスなどの連合軍、ドイツなどの中央同盟軍という二つの陣営は、さかんに中立国へ参戦をうながしていた。

ルーマニアにもイギリスなどの連合国から打診があり、オーストリアの領土であったトランシルヴァニアの併合を条件として参戦する。

トランシルヴァニアは、ルーマニア人とハンガリー人が混在する土地で、これを併合して大ルーマニアとすることは、ルーマニア人にとっての悲願であった。

ようするに、かねてから欲しかった領地をエサにつられたわけだ。

だが、ルーマニアは地政学的に周囲が敵だらけで、単独でオーストリア＝ハンガリー帝国といった大帝国に対抗することはできない。連合国側であったロシアと協力したが、ロシアは国内で革命が発生して早々に戦線を離脱し、ルーマニアは窮地に陥った。首都は陥落して、降伏に至るまで追い詰められたのだ。

講和条約が結ばれ、ルーマニアは同盟軍の占領地として総督府がおかれた。膨大な穀物や石油が徴収されて、屈辱を味わった。

けれど、味方した連合国側が勝利したために独立を回復できた。そのうえ、『戦勝国』としての立場から、当初欲したトランシルヴァニアを併合しようとしていた。

野心が実るか定かでないが、これで大ルーマニアと誇るのは、いかにも他力本願が過ぎる。

漁夫の利で得た領地と、戦争で流入した外国人の存在は保守勢力を増長させ、シズカのような外国人の風貌を敵視するものさえ出始めている。彼女が顔を隠すように襟を立てたのはそういう事情だ。

わたしたち二人は身支度をした。

「あそこに見えるのが、ロイーダ家です」

御者のトッドが、丘の上を指さした。

つづら折りになった道の向こうに邸（やしき）が見える。

雪の舞う中、黒い外壁はぼんやりとした幻影のようだ。屋根も建物も丸みを帯びていて、少し女性的な印象を受ける。城塞の名残らしい城壁が両翼にあったが、それは鳥の翼のようで、うずくまる小夜啼鳥（ナイチンゲール）を連想させた。

小夜啼鳥の邸。

ゆいいつ、背後に立つ物見用の尖塔だけが鋭く尖っていたけれど、止まり木の枝のようにも思われて、全体的に瀟洒（しょうしゃ）だった。

「影のように、黒く見えるでしょう？」

トッドが喉の奥でこもった声を出す。たしかに邸は影絵のようだ。

「玄昌石（ブラック・スレート）という石を使っているのですよ。古代ローマ帝国時代にゆかりのある石材です。ルーマニア――ローマ人の国――の民であるという矜持が含まれているんでしょうな」

「綺麗な邸ね」

「ええ、玄昌石は、水に濡れたときが一番美しい。深みのある色で、つややかに輝く。だから、邸を見るときは雨の日がいい。そして、もっとも良いのが雪の日です。雪の結晶が、玄昌石の濡れた黒で、夜空に星を見るように煌めくのですよ」

トッドは感慨深げに云う。たしかに夜空のように視線を吸いつける力が邸にはあった。

「あれが、ロイーダ家」

――わたしが赴こうとしている家。

胸がざわめいた。

「まるで墓石のようです――」

シズカがこちらを気にした。

「――どうかしましたか？」

「なんでもない。――シズカ」

「なんです？」

「運命って信じるほう？」

「いえ」

彼女は、

「これから起こる出来事があらかじめみんな決まっているとは思えません」

彼女らしい回答だった。

「わたしもね、前はそう思ってた。でも、今はちょっとだけ、あるべきものが、そうあるべきところへ納まるっていうことがあるんじゃないかって思えるんだ」

二年前のブカレスト、地下墓地で出会った若い兵士。そして、わたしを探し出してこの地へ導いたネネ。妹を助けるための旅路。

何者かの作為ではないかと疑いたくなる。

――この風景を、故郷のように懐かしむ、この気持ちですら。


馬車は石畳の敷かれた緩い坂を上がる。つづら折りになった坂を上がり切ると、ざらざらとした石の積み上がった門が見えた。馬車の上から、御者のトッドが手を挙げて合図した。待っていたかのように、巻き上げ式の橋が、重い音を立てて落ちた。

馬車が橋を渡る。下を見ると、目が眩(くら)むほどの高さだ。

シズカは下を見て、

「このあたりは城塞の名残ですね」

「古い建物だわ」

「かなり補修や増改築をしている」

シズカは方々へ視線をめぐらせていた。

橋を渡り切り、頑強な門をくぐって中庭に出る。綺麗に芝が刈られていて、手入れが行き届いている印象だ。石壁は高く、かなり迫力がある。乗っているのが車ではなくて、馬車だというのも相まって、まるで中世の世界に迷い込んだみたいだ。

粉雪の舞う中、黒いドレスの女性が歩いてくるのが見えた。

「遠いところを、ようこそお越しいただきました」

ネネが出迎えてくれる。

わたしとシズカは馬車を降りた。御者のトッドに心からの礼を云う。彼は寡黙(かもく)にうなずいて、それからネネのほうに短く一礼した。厩(うまや)は石壁の外にあるらしく、トッドは馬車を操って門から出て行った。

そういえば、トッドはわたしの顔を注視したりしなかった。事前に事情を聞かされて知っていたのだろうか。はじめてネネと会ったとき、アパートメントの主がわたしの顔をじろじろと見ていたことを考えると、少し不思議にも感じられた。

「トッドは、ロイーダ家に長く仕えてくれていてね。よく事情も心得ている——」

ネネは、こちらの心中を察したように説明してくれた。

「——さあ、冷えたでしょう。中へお入りになって、まずは温まってくださいな」

ネネはそう云って踵を返す。

前に会ったときより、印象が大人びて感じられた。シズカの目を気にして、他人行儀な態度をとっているのだろう。

よく茂った庭木の奥に、瀟洒な建物が見える。

「立派なお邸です。城塞跡はいかめしい印象のものが多いですが、こちらは少し愛らしい印象ですね」

シズカが感想を述べると、ネネは振り返って、

「成立経緯が国境を監視する城塞としてはじまって、一時期に権力者が愛妾に与えたという時代もあったんです。それで、女性の関心を引くためにおしゃれな印象があるんだと思います。今は、近代的な設備が必要になるので、そのままではなくて、あれこれと手が入っていますけれど」

「ロイーダ家は長く住んでいるんですね」

「ええ、当地を長く治めてきました。もっとも、近代化の中でその地位はほとんど失わ

れています。トランシルヴァニア＝ハンガリー帝国の領土であった戦前は、ただの古い血筋の者というだけで何の力もありませんでしたし、この情勢ではルーマニアに帰属する可能性もありますが、そうなっても地位に変化はないでしょう」

　黒い令嬢に導かれて、開かれた正面扉から邸内へ入った。

　ロイーダ家の邸宅、正面扉から入ると、そこは二階まで吹き抜けになった広間になっていた。右側に向かって廊下が伸びている。見上げるほど高い天井に、豪奢（ごうしゃ）なエンパイア型のシャンデリアが吊られていた。古いアンティーク品だけれど、クリスタルはよく磨かれていて、きらきらと輝いている。ただ、内部が広いので光量は足りておらず、オレンジ色のぼんやりとした光の中で、淡い闇がそこかしこに出来上がっていた。

　驚くべきことに、外壁と同様に内装にも玄昌石がふんだんに使われていた。雪に濡れた外壁の黒色とは異なる、落ち着いた色合いの艶だ。シャンデリアの灯が玄昌石の黒に複雑な陰影をつくっている。それは黒い炎のように揺らいでいた。

　絨毯（じゅうたん）は厚手で、踏み込むと深く沈みこんだ。ペルシャ絨毯に見えたが、敷かれたサイズは馬が三頭は寝そべれるほどで、本物ならこれだけでもひと財産になりそうだった。

　正面には大きな暖炉があって、炎が赤々と燃えている。暖炉の周囲にソファと脚の短い卓が置かれていて、ちょっとした応接スペースになっている。そのすぐわきに、二階へとつながる階段が、緩く弧を描いて上へと続いていた。

わたしは戸口のところで、コートの肩についた雪を払った。隣でシズカも同じようにしてから、興味深げに邸の内装を見回した。

空気が乾いていて、暖炉の強い炎が心地よい。古い邸宅特有の埃臭さや、かび臭さといったものはなかった。アンティークな調度品はすべて綺麗に磨き上げられて、清潔に保たれていた。

床も壁も、きちんと掃除がされていたし、改装が為されていた。それだけで住んでいる人たちの気質が知れる。クラシックな空間だけれど、円盤式レコードや蓄音機といった最新のものもホールに置かれていて、前時代的な空間と調和していた。

「荷物を運ばせたいところですが、使用人たちは留守にしていますので、そのまま客室までお持ちになっていただけますか」

「使用人がいない？」

シズカは周囲をもう一度見回して、

「これだけのお邸、ご家族だけでは手が回らないでしょう？」

「ええ、普段は六人の使用人が働いてくれています。でも、今は休暇中なのです」

「それはまたどうして？」

「一年のうちで、この時期だけは家族で過ごすと決めているからです。ですが、長患いの主を看る、医師と看護婦だけはそういうわけにもいきません。間の悪いことに、医師のミールトン氏は、老齢で体調がすぐれないので引退しました。前任の看護婦も、ちょうど辞めてしまった後だったので、後任を急いで決めたのです」

「そうですか」

シズカは納得していない顔だった。


一階の右手の廊下を進んで、その一番奥と手前がわたしたちにあてがわれた部屋だ。ネネはわたしたちを案内すると、

「ここは好きに使っていただいて構いません」

「良いお部屋ですね」

シズカは表情を緩めた。書斎と続きになった二間の部屋で、わたしにも同じ間取りの部屋が与えられた。飴色になった古木の書き物机と、専門書が並んだ本棚。寝室の方は清潔なシーツの敷かれたダブルベッドが用意されていた。

ずっと看護学校の学生寮で、二段ベッドと机だけの狭い部屋で暮らしてきた身としては、もてあますほど豪勢だ。

「お荷物を置いたら、応接間へいらしてください。お茶をお出ししますので」

「それも魅力的ですが、とりあえずご主人にご挨拶させていただけますか。患者の容態

を見ておきたいので」

　シズカがそう云うと、ネネは考え込んで、

「お疲れでしょう。また明日で良いと思います」

「できれば、前任者から引き継ぎをしてほしかったですが、急なことでそれもできていない。患者の容態によって、何か必要な薬品があるかもしれません。首都でしか手に入らないような物なら時間もかかる。早めにお会いしておいた方がいいと思います」

　シズカが譲らなかったので、ネネは、

「では、主に聞いてまいります」

　そう云って、部屋を出て行った。

　廊下の方をうかがうと、ネネが二人の若い男性と立ち話をしているのが見えた。ちらりと、男性の一人がこちらを見る。そして、他の二人に警告するように囁いて廊下の奥へと消えていった。

　しばらくして、ネネは戻ってきて会見が承諾されたと告げる。

　わたしとシズカは、着替えを済ませてから、主の部屋へと向かった。

　その途中、シズカがネネに質問する。

「何かご事情もあるのだろうと思って、詳細は聞かなかったのですが、ネネさんはこの家の娘さんですね？　ご主人の実子？」

「わたしは、主の前妻の子になります」

「前妻？　では、ご主人には後妻が？」

「ええ、カトレアです。彼女が現在のロイーダ家を取り仕切っています」

「あなたの話からすると、立場が微妙な気がしますね」

「ご名答ですよ、シズカさん」

ネネは苦笑した。

「家族内の話なら、あまり立ち入ったことは聞きませんが」

「いえ、このくらいは知っておいていただいたほうがいいでしょう。リサも——」

ネネは、こちらに意味深な眼差しを送ってから、

「——知りたいでしょうから」

「ネネ……」

わたしはざわめく胸の内をなんとか鎮めて次の言葉を待った。

「ロイーダ家のオイゲンと、前妻マリアとの間にわたしが生まれました。その後に、マリアが亡くなって、カトレアが後添いとなったのです。カトレアはマルコとイオンという二人の兄弟を生み、次の当主は兄のマルコになるはずです」

「なるほど？　二人の異母弟がいるのはわかりましたが、後継者が後妻の長男だというのは、あなたにとって納得できるのですか？」

「……ええ、もちろんですよ」

ネネは含みのある口調だ。

「後妻の継母と確執があるのでしょうか」

「シズカ」

わたしは彼女の袖を引っ張った。言葉が過ぎると自覚したのか、シズカは、

「失礼。口が滑りました」

「いいんですよ、事実ですから」

ネネは、

「でも、家族の前では発言に気を付けてください。特に、カトレアはそうした好奇心を極度に嫌います。せっかく首都で探し当てた専任の医師と看護婦ですから、クビになんてしたくはありません」

「注意します」

シズカは肩をすくめた。

玄関ホールの大階段から二階へ上がる。二階も間取り自体は一階と同じらしく、右手側に廊下が伸びていた。

「主寝室は奥です」

ネネは、案内のために先を歩く。廊下にも絨毯が敷かれていて、毛足が長くて足音が

しなかった。彼女のドレスは裾が長くて、足元まで隠れている。背筋をしゃんと伸ばして、滑るように歩くため、遠近感がつかみにくい。まるで黒衣の幽霊に導かれているみたいだ。

黒衣の令嬢、玄昌石の黒で統一された邸、すべてが黒く塗りつぶされている。

主寝室が近づいてくるにつれて、わたしの胸は高鳴った。緊張しないではいられなかった。もしも、ネネとの血縁が確かなら――今さら疑ってはいなかったが――ロイーダ家の主人であるオイゲンはわたしの父親かもしれなかった。

母の出奔の理由は不明だけれど、過去の事情は問題ではない。オイゲンは、新任の看護婦を見て、どんな反応を示すだろうか。ネネとそっくりの顔をした娘があらわれたのだ。きっと動揺するだろう。出奔したカタリンの娘を疑い、そうして――

――わたしは何を期待しているのだろう。

自分自身の心の内がわからなかった。愛情深い再会を期待しているのか。それとも、過去をほじくり返して、因縁話でも聞き出したいのだろうか。

妹のエマに適合する血液の持ち主かもしれない。今のわたしにとってはそれだけでじゅうぶんだ。オイゲンが協力的かどうかも、わたしの顔を見ればはっきりする。

他のことは後回しだ。

「こちらです」

　ネネの声で、はっとして我に返った。彼女は主寝室の扉の前に立っていた。わたしの葛藤をよそに、シズカが、

「もうひとつ質問が」

　と、云った。

「なんでしょうか？」

「あなたは家の中でも仮面をつけているのですね。何か理由が？」

　シズカは、ネネが素顔を隠しているのが気になった様子だ。

「複雑な家庭の事情です」

「云えないようなことですか？」

「いいえ、わたしは、対外的にはこの家の娘ではないということになっています。ですから、誤解を受けないように顔を隠しているのです。素顔を見れば、ロイーダの血筋であるのが一目瞭然になってしまいますから」

「血縁者だと知られるのがまずい？」

「カトレアがそう望んでいるんです。わたしのことが気に食わないのですよ」

「あなたが、私生活においても仮面を被ることを強要される、というところを受け入れているのが不思議ですね。そうまでして継母に従わなければいけないものでしょうか？」

「わたしが、継母に逆らうような娘に見えますか？」

「理由もなくプライドを捨てる人ではない。そう見えます」

「買いかぶりですね。わたしは家から追い出されるかもしれないと、怯えている小心者です」

「さすがに後妻もそこまではしないでしょう」

「ええ、そうだといいですね」

ネネは、そう云うとかしこまって扉をノックした。それから室内へ向かって、

「ネネです。お医者様と看護婦がいらっしゃいました」

「――入ってもらいなさい」

低く、男性の声が応える。

高まっていた動悸が鎮まった。シズカが開いた扉から室内へ入る。わたしも続いた。

主寝室は薄暗かった。部屋の中央に天蓋付きの大きな寝台がある。枕元にランプが置かれていて、それが鈍く光っていた。窓には分厚いカーテンがかかっていて外光がさえぎられている。ネネが窓際まで歩いてカーテンを開くと、室内が明るくなった。

寝台には初老の男が横たわっていて、こちらをじっと注視している。

「この家の主、オイゲンです」

「はじめまして」

シズカが名乗って礼儀正しく挨拶した。わたしも横で同じようにする。

「新しい医者はロシア系の東洋人だとは聞いていたが、こんなに若いとは驚いた」

「頼りなく思われますか？」

シズカは物おじせずに聞いた。

「わたしは血筋からしてルーマニアの王党派で、伝統的な価値観に縛られている。たしかに、不安を抱かないわけではないが、自分の立場からしてみればやむをえないだろう」

「……王党派にもだいぶ急進的な勢力が入り込んでいると聞きます」

シズカは、ミールトンと云う医師が残したカルテを確認して、初老の男の脈を診た。持参した鞄から聴診器を取り出す。わたしは彼女に指示されたとおり、体温や血圧を測るために、水銀体温計とアネロイド型血圧計の小箱を準備した。体温を測り、それから血圧計の帯を腕に巻きつけようと、オイゲンの腕へ手を伸ばす。袖口をまくって腕を出そうとすると、彼は顔をしかめた。

「血圧は、今測らなければならないかね？」

「そうしていただいたほうがいいです」

わたしが答えると、オイゲンは気の進まない様子で腕を差し出す。わたしが袖口をまくると、あらわになった腕には無数の痣（あざ）があった。

「誤って腕を傷つけてしまうことがあるのだよ」

「誤って？　これはご自身で付けたのですか？」

「そうだ」

オイゲンはうなずいて腕をさすり、

「冬に向けて薪割りをしていてね、斧を振り下ろした勢いで薪が飛んで、それが腕に当たってしまったのだ。ばかばかしいことだが、何度かそうしたことをやらかしてしまった」

「それは——」

わたしはシズカを見た。シズカはちらりと腕を見てから、

「——血圧が高いようです。毎日注意する必要があるでしょう。朝晩、わたしとカタリン女史が状態を確認します」

「うむ、頼むよ」

オイゲンは、わたしを見てうなずいた。

わたしは帯を外そうとしてオイゲンの腕に手を伸ばす。肌にはまだ生々しく変色の痕がうかがえる。かすかに滲んだ血が、袖口の裏側に細く流れるような線を描いた。

手当てが必要だろうか？　でも、傷は治りかけのようだ。オイゲンが察したのか、わずかに首を振った。あまり干渉して欲しくはなさそうだ。

わたしはあきらめて一歩退いた。

ふいに視線を感じた。首だけ振り返ると、ネネがじっとオイゲンの腕の生々しい痣に視線を注いでいる。その熱のこもった視線、陶酔するように口元が緩んでいる。まるで血に興奮しているみたいに。

わたしの視線に気がついたのか、ネネはさっと視線をそらした。そしてハンカチを取り出して、熱で浮いた汗をぬぐう。ハンカチはそのまま隅にあった屑籠(くずかご)に捨ててしまった。

「気にしなくていい。こんなものはなんでもないのだ」

オイゲンがそう繕(つくろ)って温和な笑みを浮かべる。

この初老の当主は、少しばかり保守的で頭の硬いところもありそうだが、それはどこにでもいるロムニの男の典型だ。鷹揚(おうよう)で物腰は丁寧だった。

だが――

会見を終えたシズカは廊下へ出る。わたしは振り返って、寝台で横たわる男を見た。

彼は視線をこちらへ向け、穏やかな声で、

「……君のことは、ネネから聞いている」

「そうですか。失礼をいたしました」

わたしは一礼して退室した。

廊下では、シズカが何事か考え込んでいた。それにネネが、

「往診は、日に一度はお願いします」

「ええ。では」

シズカは、廊下を歩き出す。わたしは無言で後を追った。

「何か云いたそうですね」

シズカが、横に並んだわたしにそう話しかける。

「うん、だけど、何と云っていいか」

胸の内に生じた疑問が、具体的な形になっていなかった。どういうふうに言葉にして表現したらいいかわからない。

「わたしも同じです。ただ、これだけははっきりとしました。この家で、わたしたちは妙な出来事に巻き込まれてしまったようです」

確信を抱いた様子で、シズカは断言した。


気になることがある。

オイゲンの容態だ。

少しばかり保守的で頭の硬く、どこにでもいるロムニの男の典型。そのロイーダ家の

主人は、はたして病を患っているのだろうか、と。

健康に見えたのだ。

顔色はよく、血圧や脈拍に多少の問題があっても——年齢的な許容範囲だ——長患いをしなければならないほどとは思えなかった。

もちろん、もっと慎重になる必要があるだろう。

表面上は健康に見えても、病を抱えている例はいくらでもある。軽々に決めつけることはできない。それでも疑いは消えなかった。

もっと不可解だったのが、血圧を測るときに見せた腕に、無数の痣があったことだ。あれは絶対に本人が云った理由でついたものではない。もっと意図的な行いによってついたものだと思えた。

「骨折の痕跡にも見えました」

シズカはそうほのめかした。

「しかも、あれは自分でやったのです。以前に自傷行為に及んでしまう患者を診たことがあるのですが、ためらい傷を無数につけてしまうあたりがそっくりです」

右腕にも、左腕にも無数の痣があった。オイゲンは精神状態に問題を抱えているのだろうか。長患いの病人なら無理もない話だとは思う。けれど、彼の身体が本当に健康なのだとしたら、それは何を意味するのか。

わざわざ医師と看護婦を手配した意図はいったい？


「お茶を用意していますので、さあ、こちらへ」

ネネが、廊下に出たわたしたちを客室へ誘った。

「ご苦労様でした」

応接室の沈み込むほど柔らかいソファに腰を落ち着けると、ネネがお茶を運んできた。香りの良いハーブティーと、パパナシという揚げ菓子が一緒に出された。パパナシはドーナツのようなもので、サクランボなどのフルーツジャムと、ヨーグルトをかけて食べる。

甘いもので寒風の中の旅路の疲れが癒えた。

「お上手ですね、普段から料理を？」

シズカは感心したように質問する。

「どうしてわたしが作ったと思われたのです？」

「使用人は休暇中と云っておられたので」

「——そうでした」

「生まれと育ちは手によく顕れます。綺麗にしているとか、そういう表面上のことではなくて、どういうものに手を触れるかといった些細なことが手の形状に影響するのです。あなたの手は、普段から料理をされている手です。継母からの不遇がそうさせるのでしょうか？」

「……お恥ずかしい話です」

ネネは、手元を隠すようにしてうつむいた。

「料理ぐらい誰でもするでしょ」

わたしがそんなふうにとりなすと、

「ええ、庶民であれば」

シズカはそう云ってお茶を口にした。

不思議な沈黙があった。

わたしは軽い疲労感と、パパナシの美味しさで気を抜いていた。シズカは何事か思索しているようで、ネネは黙り込んで接待するつもりはなさそうだ。

しばらく続いた、その沈黙は、廊下からのけたたましい呼び声で破られた。

「様子がおかしいのです」

そうネネに訴えたのは若い男で――おそらくロイーダ家の兄弟で、マルコかイオンのはずだ――切羽詰まった様子だ。

「どういうことです？」

シズカは怪訝そう。わたしも同じだ。

「主寝室から悲鳴のような声が。でも、鍵がかかっていて部屋に入れないんです。室内で父の容態が悪化したのかもしれません」

急いでもう一度主寝室へ向かった。


階段を上がって、廊下の奥を見る。

「主寝室の前に誰かいますね」

シズカはそちらに向かって歩きながらネネに、

「あれはご家族？」

「……ええ、そうです」

ネネは答える。仄暗い廊下の先に、かすかな明かりが見えた。

燭台を手にした若い男、もうひとりは女で、こちらをうかがっていた。

近づくほどに、胸の奥のざわめきが大きくなる。待ち構えている年嵩の女性が、おそらくはカトレアだろう。ロイーダ家の現在の女主人だ。

残りの男――呼びに来た男のほうが年齢が上に思われたから、待っていたのが弟のイオンで、呼びに来たのが兄のマルコだったのだろう。

彼らは、わたしの顔を見ても動揺した様子はない。

冷静にこちらを見つめてくる。

——少しも驚いているふうじゃない。

ネネがうまく説明してくれているのだろうか。

それにしても——

どことなく落ち着かない気持ちで、二人の兄弟を見る。片方の男の袖口あたりに、青黒い痣がある。もう片方の男の袖口から覗いた腕にも同じような痕が見えた。

——自傷の痕？

わたしは不可解な、奇怪ささえ感じた。シズカのほうに視線を向けると、彼女も気がついたようだったが、態度にはあらわさずに取り繕っていた。

「こちらが、今日到着した医師のシズカさんと、看護婦のリサさんです」

ネネが、家族にそう紹介する。

「家内のカトレア・ロイーダです」

カトレアはわし鼻の美人で、息子が二人もいるのにそうは見えないほど若作りだった。話し方は威圧的で、貴族のような上流階級的な匂いを感じる。

「夫が鍵のかかった部屋に閉じこもっているのです。マルコが悲鳴を聞いたらしく、中で何かあったようなのです」

「なるほど、それで鍵は開けられるのですか？」

シズカは、ちらりと主寝室の扉を見た。

「いえ、それが、扉には室内側からかんぬきがかかっていて」

「失礼」

シズカは、主寝室の扉を確認した。それから、

「ご主人？」

と声をかける。中から反応はない。

「病状が悪化して、室内で倒れているのかもしれません」

カトレアはそう主張する。シズカは首をひねって、

「扉を開ける手段が必要ですね」

「普通に開けることはできませんね。壊すしかないでしょう」

ネネは、そう云って廊下にあった火掻き棒を扉の隙間にねじ込んだ。さすがにそれで開いたりはしなかったが、ねじ込んだ部分がえぐれて、わずかに隙間があいた。

隙間を覗き込んだシズカが、

「扉の隙間に、かんぬきの横棒が見えています。幸い、木製です。何か、刃物があれば隙間に差し込んで断てます」

「わかりました。玄関ホールに短刀が飾ってありますから、持ってきます」

　ネネはすぐにそう云って廊下を去り、ほどなくして一振りの短刀を携え（たずさ）て戻ってきた。シズカはそれを手にして、二の腕ほどの長さの刃を、慎重に扉と枠の隙間に差し込んで、一気に切り下した。

　横木をうまく断って、扉が開いた。

「ご主人？」

　シズカが一番に踏み込んだ。それからネネとカトレア、二人の兄弟が続き、わたしも室内へ入った。

　主寝室は静まり返っている。

　寝台の上に、誰かが横たわっていた。

「これは」

　シズカは、目の前の奇妙な光景に驚愕している。

　わたしも目を見張った。

　カトレアと、二人の兄弟も言葉を失っている。

　寝台の上には、男性らしい人物が寝間着姿で横たわっている。寝乱れた様子で、前の合わせがはだけて、胸元が見えていた。それだけなら、さほどおかしくはない。

　問題は、その人物が、珍妙な鉄仮面を頭に被っていたことだ。

　鉄仮面を被って寝間着姿で寝台に横たわる男。

仮面はルーマニアの民俗舞踊カルーシュで使用されるもので、羊を模してはいた。

だが、頭部全体を覆う鉄仮面を被って眠る者がいるだろうか。

何かを察し、シズカが駆け寄って、鉄仮面を被った寝間着姿の男の脈を確認した。

「この人は死んでいます！」

死の魔女 ――ネネ

ルーマニアの民俗舞踊カルーシュは、伝統的な儀式と一体化した文化だ。踊りを人生そのものとして表現する。人が誕生してからの出来事、結婚、徴兵、病気、そして死にいたるまでを一生の時系列とした。舞踊は剣や棒を用い、マスクを被って行う。同じような踊りがヨーロッパ各地に見られ、基督教の浸透以前の古代文明の名残だと考えられている。

カルーシュには、イェレと呼ばれる重要な存在がある。イェレは女性の悪魔であり、これを敬わない者を罰しに来る。カルーシュの目的はこの悪魔から人々を守ることである。

広く伝播した民俗舞踊だけあって、地域や集落によって差異はある。主に男性の舞踊であるカルーシュに、わたしがイェレ役として抜擢されたのも、文化的な変遷によるものだろう。

十二歳の子供が悪魔役として参加するのだから、大人たちも気を遣って、マスクや衣装も仰々しいものではなかった。ルーマニアのマスクは、羊や熊、山羊などに見立てたおどろおどろしいものが目立つのだが、それだと子供が怯えてしまうだろうということで、ヴェネツィアの仮面舞踏会で使われるような、目と鼻だけを覆う仮面に、申し訳程度に羽根飾りがついたくらいの品だった。ただ、そんな仮面にひどく心惹かれた。仮面をつけて、白い麻の伝統衣装に身を包んだ自分が、いつもの自分じゃないみたいで、高揚した。

カルーシュの幕間には、ちょっとわいせつな劇が演じられたりして、笑劇の意味合いが強いのだけれど、当時のわたしは理解できてなかった。今だったらかなり抵抗を覚えただろう。

わたしの舞踊は、同年代の少年たちに刺激的に映ったらしく、熱を帯びた賛辞を受けて、困ってしまった記憶がある。神秘的で、熱狂的で、ほろ苦い記憶だ――

――目と鼻筋を覆う滑らかな仮面に手を当てる。

イェレの仮面――女性の悪魔のマスクだ。

七年前は少し大きく感じられた仮面も、今では肌に吸い付くように馴染んでいる。

顔を隠すそれは、わたし自身の決意のあらわれだ。

日常生活のほとんどで、わたしは仮面を外さなくなっていた。最初は不自由を感じたものだけれど、慣れてしまえばどうということはない。むしろ素顔をさらし、この家の血筋に連なる者として、使用人たちの好奇の視線にさらされるほうが苦痛だった。

覆い隠してしまいたい。この眉も、この目も、鼻も、唇も。それが異性からの賛美を集めても、ロイーダ家の血筋の特徴が強く顕れたこの顔は、わたしを強く、この血筋へと縛りつけているのだから。

わたしは再び自らの素顔を仮面によって封じた。

誰にも、真実を悟らせないように。

意思が揺らがないように。

愛が消えないように――

仮面を被った死体　――リサ

「手遅れです」

シズカは、寝台で仮面を被って横たわる男の状態を確認して宣告した。その顔には、奇妙な困惑がある。ロイーダ家の面々を視線で追う。それからわたしへ意味深な眼差しを向ける。わたしは、シズカが蘇生処置をしようとしないことに疑問を抱いた。

まず、真っ先に心臓マッサージを試みるべきではないか。寝台に近寄って、横たわる男の状態を確認しようと、その手に触れて――

――これは。

わたしは、シズカを見た。彼女はうなずく。

シズカの意図がようやくわかった。彼女はこの家の中で信頼できるのがわたしだけだと直感している。わたしもまた、シズカだけが信じられると考えるしかなかった。

「亡くなったのですね」

カトレアが、そうつぶやいた。感情のない声だ。

「……それは、ええ。ですが――」

「残念なことです。お医者様と看護婦を手配して、はるばる来ていただいた直後に、こんなことになるなんて」

「奥様、この仮面はどういうことなのですか？」

シズカは説明を求めるように、カトレアを見た。

「さて、わたしに質問されても困ります」

「しかし、この奇怪な状況は……」

「この仮面は、我が家に代々伝わる品ですね。そうね、ネネ？」

カトレアは、背後に控えているネネに聞いた。

「はい。ロイーダ家の品です。儀式であり、祭事でもあるカルーシュを行う際に用いられる伝統的な仮面です。倉庫に在ったものでしょう」

「主人は、たぶん、その仮面を気まぐれに被ったのでしょう。その直後に、病状が悪化して倒れた。そういうことだと思います」

「……本当にそうお考えですか？」

「他にどう考えろというのですか？」

「それは」

シズカは云い淀む。

「どう考えてもおかしいと思います」

わたしは黙っていられずに口を挟んだ。シズカがわたしの腕をつかんで、

「やめてください、リサ」

「どうして？」

云い返すと、シズカは小声で、

「今は黙って」

「……うん」

何か考えがあるんだろうと思って引き下がる。そもそも妹の件もあるから、ロイーダ家の人たちと対立するのは好ましくない。わたしが口を閉じるとカトレアは、

「突然ではありましたが、長患いなので覚悟していたことです。お医者様には死亡の診断をしていただきましたし、速やかに葬儀の手はずを整えるとしましょう。いいですね、ネネ？」

「――はい、お母様」

ネネがうやうやしく応じる。

「待ってください」

シズカが制止する。

「なんです？」

「この仮面を何とか外せないでしょうか」

シズカは、横たわる男が被っている仮面を指し示した。

鉄の仮面は、鉢型でバイザーのような面頬が下りていて、そのままでは男の顔さえうかがえない。頭部をすっぽり覆うような構造だが、それでいて金具が首筋までしっかりと食い込んでいる。しかも金具が閉じていて脱がすことはできそうもなかった。

これでは、人工呼吸もできないし、死に顔すら確認できない。

「壊すしかないように思えます」

「とんでもない話です」

カトレアが、顔色を変えて反論した。

「この仮面はロイーダ家に伝わる大切な品です。それを壊すなどと」

「しかし、ご主人の顔色さえうかがえないというのは……」

「もう亡くなられたのですから、そんな必要はないでしょう」

カトレアは取り付く島もなかった。

「このままにしておくつもりですか？」

「村の鍛冶屋にでも手配しましょう。そうして、金具を外す算段を考えればいいのです。今、急いで仮面を脱がせる必要などありません」

「ですが――」

まだ粘るシズカに、ネネが口を挟んで、

「実際のところ、そうするしかありません。これは、わたしたちでは脱がせられませんし、壊せるようなものでもないのですから」

「……確かにそうです」

わたしは仮面を触って調べてみる。鑑賞用につくられたものではなくて、荒々しい舞踊に耐えられるようにつくられた武骨な品だ。カルーシュでは剣や棒を用いて、激しい立ち回りを演じたりもする。それだけに異様に頑丈で、壊すことはできそうもなかった。

「できることはもうありません。お医者様と看護婦の方にはお引き取りいただきましょう」

「待ってください、まだやらなければいけないことがあります」

毅然とした眼差しでシズカが食い下がった。

「なんでしょう？」

「死因の究明です」

シズカがそう云うと、カトレアは鼻白んだ様子で、

「死因は、持病の悪化でしょう」

「ご主人の病気はいったいどういうものだったんですか？」

「それは――」

カトレアは嗤って、

「――お医者様が診断すべきことでしょう。わたしたちのような素人に、どのような病気かわかるわけはありません」

「軽い問診程度で、生死にかかわるような病気の診断ができるわけがありません」

「では、わたくしに尋ねるのも筋違いでしょう」

「あなたが持病の悪化が死因だと断定される根拠が知りたい」

「それしかないではありませんか」

カトレアは周囲を指し示して、

「ここは主寝室です。部屋の唯一の扉には、内部からかんぬきが下りていた。これがどういうことかは、よくおわかりでしょう？　主人は、自分で扉にかんぬきを下ろしたのです。あなたは、仮面を被った死体を見て、何かよからぬ考えに囚われているかもしれませんが、外部からの干渉がない以上、病死だと考えるのが妥当ではありませんか？」

「奥様、確かにそうですが、不審な死ではあります」

「そのように見えるだけです」

「万が一の可能性を考慮しておくべきだと申し上げているのです。ロイーダ家の方々は、この部屋に集まっている人で全てですか？」

「……このロイーダ家には、今夜、使用人はひとりもいません。人払いをして、家族だけで過ごすと決めていたのです」

「なるほど」

シズカは考え込んで、ネネを見る。ネネは、どこか冷厳とした眼差しを、継母の気丈な振る舞いへ向けていた。

「……いずれにせよ、死因は調べる必要があります」

「遺族の同意なく、遺体をいじくり回すつもりですか？」

カトレアが問いただした。

「一人の人間が不審な死をとげた。立ち会った医師として、その原因について詳しく知っておく必要があります」

「そんな必要はありません」

「シズカさん」

ネネが、シズカとカトレアの口論に口を挟んだ。

「なんです？」

「調べるのは短い時間、必要最低限でお願いします。そうでなければ、ロイーダ家の同意は得られないでしょう」

静かな声音だけれど、抗いがたい迫力があった。シズカは少し考えて、

「わかりました。手短に済ませます」

そう答える。カトレアは、ネネの方をちらりと見ただけで何も云わなかった。

シズカが、わたしを手招きする。

シズカは小声で、

「――仕事にかかります」

「無理よ、短い時間でじゅうぶんに調べられるわけないわ」

「わかっています。調べるのは本当に必要最低限のことだけ」

「そんなことしてどうするつもり？」

「わかってるでしょう？　これは、わたしたちまで疑惑を持たれる。自分たちの潔白を示すために、ある程度の情報を持っておく必要があるんです」

「うん……」

妹を助ける目的でやってきたロイーダ家だったが、とんだ騒動に巻き込まれている。

「……せっかくの就職先もダメになりそうね」

「お互いに。さて、死因ですが――」

シズカはさまざまに遺体の確認を始めた。

「亡くなってすぐの状態だとわかる。でも、これは――」

シズカは、近くにいるロイーダ家の面々を意識して言葉を濁した。

「……他には？」

わたしは、話の矛先を変えた。

「外傷はないみたい」

「綺麗すぎます。苦しんだ形跡もほとんどない。……あら？」

シズカは、遺体の腕をとって首を傾げた。

「どうかした？」

「オイゲン氏の腕には、自傷の痣がありましたね？」

「そうね。不可解な痕だけれど」

「ええ――」

シズカは、遺体の腕の痕をもう一度見る。生前と同様に痣がある。いや、死後の変化によるものか少し違和感があった。

「確かに不可解です――」

何か気になった様子だったけれど、シズカは慎重に態度を保留した。

わたしはその様子と、それから腕の痕を見て、オイゲンとの会見のときに起こったささいなことを思い出した。袖口をまくってみる。

そこには細く血のにじんだ跡がかすれているのが見て取れた。

特徴的な痕跡で、記憶と全く同じだ。

「――何か気になりますか？」

シズカが聞くので、袖口の血の痕跡について話した。かなり難しい顔をした彼女は、

「とても重要な情報です。リサ以外で、袖口の痕跡に気がついた人はいたでしょうか？」

「いないと思う。血の跡は袖口の裏側についたものだし、すぐにまくっていた袖口を直してしまったから――」

そこで、ふいにネネの視線のことを思い出した。熱のある視線で腕の痣を見ていた。

彼女はわたしが袖口をまくってから、また元に戻したのを見ていたから気がついたかもしれない。ロイーダ家の人々に聞かれないように小声で、

「――ネネが見ていたわ」

「ネネさんですか。なるほど、興味深いですね。しかし、時間が惜しいので検討は後回しにしましょう」

シズカはまた遺体に注意を戻して、

「寝台のシーツも乱れていません。まるで整えられたように」

「頭部を確認したいね」

「そうしたいところですが、これがありますから」

シズカは仮面に触れて、

「わたしたちにはどうにもできませんね」

「首のあたりに何かない？　少し色が変わっている」

「これは関係なさそうです。首を絞めたりして、窒息させたにしては痕が軽微すぎる。皮膚の鬱血、チアノーゼがないし、失禁の形跡もない。仮面の首周りのところが擦れただけ。それだけきつく仮面が食い込んでるということです」

「毒か何かって可能性はない？」

「よく毒殺に用いられる毒劇物は顕著な反応があります。これはそうした形跡がない」

「じゃあ、なんで死んだのかしら？」

「これだけなら心筋梗塞だと云いたくなりますが」

「そうしていただきたいですわね」

カトレアが口を挟んでくる。

シズカは首を振って、

「……終わりました。死因の特定まではできませんでしたが」

「では、お引き取り下さい。後はこちらでやっておきます」

カトレアは云った。

「どうするつもりです？」

「トリシャ村の者に手配して、葬儀を行うことにします」

「通報は？　不審死ですよ」

「これは病死です――」

　カトレアの言葉の途中で、シズカが抗議しようと口を開きかけた。そこでまたネネが間に入った。

「雪が強くなってきました。近郊の警察署までは距離もありますし、我が家には電話がありません。今夜は無理でしょう」

　ネネがそう云う。シズカは不満げに、カトレアは満足げにうなずいた。

「とりあえず、もう休みましょう。明日の朝いちばんに対応を決めればいいのです」

　ロイーダ家の中で、ネネは一目置かれている様子だった。彼女の言葉に、家族の誰もが素直に従い、カトレアも異論を唱えなかった。

　前妻の子として、微妙な立場であるのは間違いなさそうだが、彼女自身の意志の強さが一定の発言力につながっているようだ。

　――そういう人は時々いる。

　誰かに頼られてしまうというのは、本人の持って生まれた資質でもある。それでも注目され、背負うものがあるというのは息苦しそうだけれど。

ネネの仮面に覆われた顔は無表情だったが、その奥の瞳は悲し気だ。視線の先には、仮面を被って横たわる男の姿があった。

「ご家族の中で、誰が悲鳴に気がついたのですか？」

主寝室から廊下に出て、シズカは質問した。

「わたしです。わたしが気がついて、主寝室の前に駆け付けました」

ロイーダ家のマルコがそう答えた。

「かんぬきは室内側からかかっていた。元が城塞だったせいか、窓は狭く、人ひとりも通れない。しかも鍵がかかっていた。痕跡らしい痕跡もなかった。これは密室状況とでも呼ぶべきものです」

「シズカさんは、想像力が豊かですね」

ネネの声には、どんな感情も含まれてはいなかった。シズカは相手の意図を勘ぐるように、

「あなた、本当は思うところがあるのでは？」

「さあ、どうでしょう」

ネネははぐらかすように答える。

わたしとシズカを、ロイーダ家の人々がじっと見ている。カトレアが、マルコとイオンの兄弟が、そしてネネが。

すべての行動を見逃すまいと注視している。

絡みつくような視線に耐えきれず、シズカとともに客室へ引き上げる。

去り際に、ネネが耳元に、

「後で、部屋に来てくれない？」

「……いいけれど」

わたしが首をかしげると、ネネは、

「今後のことで話したいことがあるのよ。こんな夜だもの、どうせ眠れやしない。上物のムルファトラールで体を温めたほうがいいわ」

「わたし、お酒の相手はできない」

「しらふで話せないことも話せて便利よ」

「話しづらいこと？」

「あなたを妹だと思うとね」

去っていくネネの後ろ姿を、複雑な思いで見送った。

主寝室で発見された仮面を被った寝間着姿の死体、不可解なロイーダ家の人々の反応、そしてネネの秘密めかした誘い。

夜はまだ始まったばかりだ。

凍れる夜に　——リサ

自分の部屋に戻り顔を洗った。考えるべきことはたくさんあった。妹を救うために訪れたロイーダ家で、わたしは奇妙な出来事に巻き込まれてしまっていた。シズカが危惧したように、対応を間違うと危ういかもしれない。

——エマのことが先決だ。

ロイーダ家の人々の意図はわからない。カトレアやマルコとイオンの兄弟、それにネネまでもが主寝室の死体を病死にしたがっているようだが——

主寝室へ入り、仮面を被った死体を目撃して、その手に触れたことでわかったことがある。

死体は冷めていいいいた。

もしも、マルコの証言した通り、主寝室で悲鳴が上がってすぐに主が死んだのなら、まだ体温は残っているはずだ。にもかかわらず、死体は冷めきっていて、死んでからしばらく時間が経っていることを物語っていた。

わたしとシズカがオイゲンの検診を終えてネネとともに応接室へ行き、マルコが血相を変えてやってくるまでに少し時間があった。主寝室の前で扉を開けるために、あれこれと問答があったことを考慮すると一時間程度というところだろう。それだけの時間で、体温が冷めきるだろうか？

シズカは明確に疑問を感じたようだ。だからこそ、蘇生処置が無駄だと判断した。わたしも同じで、だから彼女との間に意思疎通が成立した。

それは、なぜ死体は仮面を被っていたのか？　という根本的な疑問の答えを導くことにもつながるかもしれない。

シズカと、病死を主張するロイーダ家の人たちとは隔たりがある。

――そのことに積極的にかかわるべきかも問題だ。

シズカに追従すれば立場は悪くなり、妹の件も持ち出しにくくなる。

これから先は軽率なことはできない。

――ネネと話してみよう。

色々と考えて、やはりそれが妥当な行動だと思えた。

彼女が何を考えているのかはわからない。今回のことを主導しているとは思わないが――ネネは主寝室を出た後、応接室へ移動してわたしたちとずっと一緒にいたという不在証明がある――それでも関与していることは事実だ。

ロイーダ家の協力を取り付けるうえでも、ネネの協力は欠かせない。

――ネネ。

二年前のブカレスト攻防戦。

地下墓地で、命を落とした無名兵士。

あの切実な想いが胸に去来する。

『……お別れです。あなたにお仕え出来て良かった……』

あのとき渡された銀の指輪は今でも肌身離さず持ち歩いている。もしも、あの無名兵士がネネの想い人なら返さなければいけない。

いけないのだけれど――

ゆるゆると首を振る。

とりあえず、妹のことが先決だった。

わたしは厚手のカーディガンを着込んだ。雪の晩でひどく冷える。自室を出ると、事前に教えられていた二階のネネの私室を訪ねた。

ネネの私室の扉をノックすると、すぐ扉が開いて彼女が姿を見せた。戸口でずっと待っていたのじゃないかと思うほど早い反応だ。

「入って。誰かに見られたくないの」

そう云われて、わたしはすぐ室内に入った。背後で扉が閉まる。

寝室と書斎が続きになった二間の簡素な部屋だった。わたしに与えられた客室よりも手狭なくらいだ。ロイーダ家で彼女が優遇されているわけではないと、それだけでも知れた。前妻の子で、皆が一目置いている存在を、カトレアが良く思っていないのだろう。

壁際の本棚はよく整頓されていて、歴史や経済の本が並んでいる。甘い恋愛小説は好みではないらしい。ナイチンゲールの伝記もあった。クリミア戦争の史実を中心とした、現実寄りの内容のもので、わたしも神話的に脚色された伝記よりそちらを好ましく思っていたから、彼女に共感できた。

「一度、じっくりと話してみたかったから」

ネネは、先ほどまでの黒いドレスを脱いで、ざっくりしたセーターに丈の長いスカートというシンプルな私服姿だ。仮面もつけておらず、素顔をさらしている。

そのせいかまるで人が変わったように気易く感じられた。この北マラムレシュのロイーダ邸（てい）に招かれて以来、彼女はずっと他人行儀な態度だった。最初に出会ったときの不思議な親近感は影を潜め、いかにも初対面であるかのように装っていた。わたしもそれに合わせていたが、今は親密な雰囲気があった。

「わたしもそう思っていた」

素直に応じた。

「冷えるわね」

ネネは、手に、ワインらしきビンとグラスを二つぶら下げて持ってきた。卓にそれを置いて、椅子に座るようにうながす。わたしは座ったが、

「お酒、呑むような気分じゃない」

「気分が良くなる」

「でも――」

わたしは戸惑った。ネネは、グラスのひとつにワインを注いだ。赤々とした液体が満ちて、グラスを宝石のように輝かせた。ネネはそれを口元に持ってきて香りをかぐように揺らした。

雷鳴がした。雪が舞っているというのに、外の天候はかなり荒れてきたらしい。これでは、邸内に死体があったとしても、警察を呼ぶのは難しいだろう。

「今夜、使用人たちはいない。誰の目も気にする必要はないわ」

「そうだけど」

「意外に子供なんだ」

「そんなことない」

わたしは少しむっとした。

ネネは艶然と笑った。グラスをぐっとあおって、わたしにも勧める。

仕方なく、一口だけ呑んだ。

熱くて甘い液体が喉の奥を通り過ぎる。少しむせた。

「美味しくなかった？　最上級の品よ」

「そうじゃないけど……」

味なんてわからなかった。

「顔色は良くなったみたい」

ネネは笑った。喉の奥を通った液体は、胃の中でぐらぐらと煮えていた。

「これ、あったかくなるね」

「少し強めのワインだから。それに、この地方の人はスパイスを入れるのよ。ホットワインにするんだけど、わたしは好みで常温で呑む」

ネネは冗談めかして、

「一服盛られたかもしれないわよ」

「やめてよ」

ほんの一口に過ぎなかったけれど、たしかに薬のように良く効いた。

ネネは両手の肘を卓に付け、顔の前で両手の指をからめて、小首をかしげる恰好でこちらを見ている。雪のような肌の色合いは、酒精(しゅせい)のせいかほんのりと上気している。汗ばんだ髪が首筋にからんでいた。悪戯をしている子供めいた光が瞳にある。それがちょっと意外だった。ネネはもう少し大人っぽい性格だと思っていた。お酒が入ると素が出るというから、もしかしたら本当は子供っぽい一面があるのかもしれない。

「——双子の話を知ってる？　春のハーブと、秋のハーブ」

グラスを手に持ち、そのふちを指でなぞりながら、ネネはそんな話をする。

「魔女のおとぎ話ね」

「そう、あなたはきっと春のハーブのほう」

ネネはそう云ったが、わたしは首を振った。

「おとぎ話のハーブはイヌサフランだもの」

それはユリの一種で、もともと有毒だ。だから、秋に採ったハーブが、死の季節のハーブだなんていうのは、昔の人の誤認に過ぎない。

「そうね」

ネネはまた笑う。今は化粧けもなくて無邪気な顔だったから、妹と話しているような錯覚に襲われる。急に胸の奥がきゅんと痛んだ。

そうだ、ネネの協力をとりつけないといけない。

「ネネ、わたしは話しておきたいことがあるの。とても大切なこと」

「……妹のこと？」

ネネは見透かしたように云った。

「知っていたの？」

「当時、カタリンは、まだ幼子の姉妹を連れて、ロイーダ家から出奔したのだと聞かされたことがある。でも、母子はすぐに亡くなったのだとも聞いた。ルーマニアは保守的な社会で、女手一つで子供を二人も育てるのは難しい。だから、首都で看護婦を探して、あなたを見つけたときは驚いたわ。あなたが生きているのだから、妹だって生きていてもおかしくはない」

「……母さんは、ロイーダ家とどういうつながりがある人だったの？」

「やんごとなき血筋には、よくある話よ。ロイーダは傍系だけれど、それでも血を濃くしたいという願望はあるものでね」

「血を濃くする？」

「ええ――」

ネネはグラスを手に立ち上がって、窓辺から粉雪が舞う闇を見つめた。

「――近親同士で子を生すのよ。あなたとわたしの容姿が、普通では考えられないくらい似ているのもそのせいよ」

「母さんは、同じ一族の人と？」

「カトレアもそうで、だから異腹の姉妹といっても、本当の姉妹とたいして変わらないのかもしれない」

「母さんは、なぜ出奔を？」

「ロイーダ家のそうした慣習に嫌気がさしたんでしょうね。自分はまだ我慢できるけど、娘たちにそんな業を背負わせたくはない。そう考えれば納得できるでしょう」

「うん。……ネネは、どう考えているの？」

「わたし？」

ネネは、振り返った。

「ロイーダ家のことなら、ネネだって無関係ではないでしょう？」

「そんなもの全部投げ捨てて、どこかで自由に生きていきたい」

ネネは、ふっと笑ってグラスを呷った。

「そう考えているなら、そうすればいいと思う」

「できるなら、とっくにやっている」

ネネはまた窓の方へ視線を向けた。本心を悟られたくないように見えた。

「……動揺していないんだね」

わたしにはそれが少し意外でもあった。ネネは優しい人だと思っていた。父親が死んで、それでも彼女が平然としているのは不思議だった。

「平然としていられるなら、お酒なんて呑まないわ」

ネネは、またグラスを呷った。確かに無理をしているようだ。

「オイゲンは、どんな人だった？」

「やっぱり気になる？」

「うん――」

それは本心だった。父親のことを強く意識したことはなかったが、それでも目の前にあらわれたとなれば話は違う。そして、その父親が死んだとなれば。

「優しい人だった。あくまでも、わたしの目から見て、ということになるけれど」

「そう」

やはり実感を持つのは難しかった。自分のルーツがロイーダ家にあるかもしれなくても、初めて来た家を生家だと、はじめて会った人を父親だとは信じ切れない。

姉妹のようにそっくりなネネが目の前にいてさえ。

ネネは話を戻して、

「……それで、妹がどうかしたの？」

「病気なのよ」

わたしは、エマが陥った状況について説明した。彼女に希少な血を分けてくれる人を探しているのだということを。ネネは、黙って聞いていた。

「適合する血液かどうかは、この場で調べる方法があるの？」

「首都の病院で調べないとだめ。だから、首都まで来てもらう必要がある」

「わたしは構わないわよ」

「良かった」

わたしは喜んだ。ロイーダ家の他の人たちを説得するのは難しそうだけれど、ネネは協力的な人物で、話も通じる。

「でも、カトレアと、マルコとイオンはわからない」

「このことを話して、協力してもらえると思う？」

わたしは率直に聞いてみた。ネネは少し考えて首を振った。

「カトレアがゆるすはずがない。出奔した同族が我が家の権利を主張するかもしれないと、そんなふうに勘ぐる人だから」

「わたし、ロイーダ家に興味なんてないわ。妹だってそうよ」

「カトレアはそう考えない。彼女は、わたしだって、邪魔者だと思ってるくらいだから」

「ネネ、説得してもらえない？」

「そうね。力になってあげたいけれど――」

ネネは椅子に腰かけて、空になったグラスにワインを注いだ。

「――条件があるわ、わたしに協力してくれない？」

ネネは、そっとささやくように云った。

「協力って何をするの？」

「主寝室の件、あれについて騒ぎ立てずに穏当に成り行きを見守って欲しい」

ネネの提案に絶句する。

「どうしてそんな――」

「理由は聞かないで。そのほうが、あなたのためにもなる」

ネネは、再びグラスにワインを注ぎ、

「今夜発見された死体のこと、シズカさんは決してうやむやにはしない。彼女は、あれは何者かに殺されたんじゃないか、そんなふうに勘ぐっているのでしょう」

「当然よ」

「だからね、あなたの協力がいる。シズカさんを説得してくれなんて云わないから、できるだけ騒がずにいて欲しいのよ。今晩の間だけは」

「……嫌だって云ったら？」

「妹さんの件に協力はできない。あなたの妹は、わたしにとっても妹のようなものだから、見捨てるのは忍びないけれど、それはわかって欲しい」

「……脅しているんだね。妹の件を盾にして」

少し悲しかった。ネネのこと、嫌いじゃないって思っていたから。

「ごめんなさい。わたしにも、やるべきこと、守るべきものがあるから」

ネネは素直に謝ってくれたけれど、わたしは手の中に密かに持っていた、あの銀の指輪をぐっと握りしめた。返すべきだと思っていた。

だけど――

「わたしが協力して、あの件を黙っていたのだとしたら、ネネにとって、それはどういう利益になるの？　何を得られるの？」

「『自由』が得られる」

彼女の瞳が、切望に輝いた。

「自由って……」

「それさえ済めば、わたしは、この家を出て、首都に行ってもいい。あなたの妹さんを助けて、それから好きなように振る舞う。いっそ外国に行ってもいいかもね。ねえ、シズカさんは日本から来たのよね？　日本に行ってみたいって思わない？　東方を旅して、それで、それで、それで――」

「ネネ……」

わたしは、彼女の背に手を回し、緩く抱きしめた。ネネは、わたしと額を合わせて、

「ここにいれば、いずれ誰かとの結婚を強制される。オイゲンに近い血筋の者、同じように近親で交わって血を濃くした者同士が交わる。そうやってできた子に、さらに同じ行為をさせなければならない」

「いっそ出奔してしまえばいいわ」

「継母はゆるさない。あの人はそういう人。自分の手元に置いて監視して、血筋を管理しようとする。ロイーダ家の財産について、権利を主張されることを恐れているからね」

「今晩黙っていることで、それが変わるって云うの？」

「ええ、そうよ」

ネネの瞳から、すぅっと涙が落ちた。

勘違いしていた。気が強い人だと思っていた。いいところのお嬢様で、苦学したわたしとは何もかもが違うと思い込んでいた。

仮面の下には、こんなに脆い貌がある。

「でも、それは一人の死の真相を偽ることだわ」

「それが何？」

ネネは涙の流れるままに、

「あなたは妹の血を、わたしは自由を得る。そのための代価よ。何をためらう必要があるの？ 欲しいものを得るためには、自分の手を汚して、傷だらけになって摑むしかないじゃない。傷つきたくないなら、最初から何も望むべきじゃないわ」

記憶　――ネネ

――三年前、首都ブカレスト。

朝の柔らかい陽光の中、小鳥の鳴き声に足を止める。小夜啼鳥(ナイチンゲール)だろうか、あの鳥は遠い地へと渡っていくはずだから、この街は中継地に過ぎないだろう。羽を休め、一時の休息をしてまた旅立っていくのだ。

わたしには、それがひどく眩く、うらやましく思えた。あの鳥のように自由でいられたら。生まれ育った北マラムレシュを離れて、この首都で暮らすようになってさえ、家の束縛は解かれていなかった。

昨日、ロイーダ家から届いた手紙が悩みの種だ。

わたしはゆううつな気分を引きずったまま、朝のブカレストを歩いた。

街は朝陽とともに活気づく。石畳には路面電車が走り、首都圏の主な交通手段である辻馬車が行き交う。辻馬車は利用料金が路面電車の五、六倍はしたが、荷物を積んでどこへでもいきたいところへ行ってくれる利便性から、いまだに主要な交通手段であり続けていた。

行き交う人たちは西欧の強い影響下にある。伝統的な民族衣装は農村部でしか好まれなくなっていた。男性は背広に革靴を履いて帽子をかぶった。女性はパリのモードに敏感で、ここ数年で急速にスカート丈が短くなった。わたしもシャネルの柔らかい毛糸のスカートには心惹かれたが、そのためにロイーダ家に仕送りを多くするよう頼むのは気が引けた。

わたしは持っていた鞄の中にしまっている手紙を意識して手に力を込めた。

明け方から野菜売りが喧騒をつくっていた。ちょっとした朝市で、首都では珍しくない。ブルガリア人、セルビア人、オルテニア人といった人たちでごったがえしている。生鮮食料品は野菜やチーズ、ヨーグルトや卵など何でも手に入る。首都のご婦人方の御用達だ。

喧騒を抜けて、歩を速める。愛用のブーツが石畳を叩いて乾いた音を立てる。普段は、その調子を小気味いいと感じるのだけれど、今はなんだか苛立たしく思えた。

――また不機嫌そうな顔をしてるって、セレナに笑われる。

通っている学校はルーマニア正教の修道院に付属する全寮制で、寮は二人で一部屋を共有する。セレナは同室で一番の友人で、底抜けに明るくて、宗教学校の生徒は厳粛なものだというわたしの固定観念を破壊するのを愉しんでいた。

『ばかみたいだよ、ネネったら、美人なのに不機嫌そうな顔しちゃって。そんなんだから、男が寄り付かないんだよ』

『愛想よくしたって、わたしにはそんな自由ないわよ』

『お家の事情？　だから、首都に逃げてきたんじゃないの？　辛気臭い田舎のことなんて忘れちゃいなよ』

『そうできたらいいんだけどね』

本当に、そう思う。

ブーツの音が自然と高鳴る。ようやく目的地が見えてきた。

看板には『カプシャ』と書かれている。この首都では知られた喫茶店だ。学生身分ではあったけれど、この店の雰囲気だけは大好きで、よく通っていた。

扉を押して店内に入ると、絹張のビロードのソファ、磨かれたブナの古木のテーブルが置かれているのが目に入る。品が良くて控えめな内装だ。まだ早い時間だから客はまばらだったが、店内にいる大半の紳士がドイツコーヒーを頼んでいる。店で一番安い品で、しかもこれを飲むのが流行だと、西欧一流の紳士たちは認識していた。

わたしは奥の席に陣取ると、カフェ・オ・レとパイを注文した。朝一番で寮を飛び出してきたから、朝食がまだで、だいぶ空腹を覚えていた。

「ふん、これだから女子供は」

隣席でドイツコーヒーを啜（すす）っていた紳士が、わたしのほうを見て小馬鹿にした。ネクタイをきちんとちょうちょ結びにしているところからして、作家か芸術家だろうか。西欧への強い傾倒と、自らを文化人だとする傲慢さが、ドイツコーヒーの味を先進的なものへと変えるらしかった。

背筋を伸ばし、北マラムレシュで古い血筋とはこうあるべきと躾（しつ）けられたように、指先まで上品な態度で店員のほうを一瞥（いちべつ）した。

わたしの顔には旧家の特徴がよく顕れていたし、店員の方も上流階級の来店がままあるので、良く心得ていて、すぐに隣席の失礼な紳士の元へ行った。

「——お客様、そろそろ」

そう云って追い出しにかかる。

安いブラックコーヒー一杯で、長々と居座っていた紳士は仏頂面で立ち上がる。

わたしはもう一度そちらを見た。

紳士は首元に手をあてる癖があるらしくて、少しネクタイが歪んでいた。わたしは、

「失礼」

と、声をかけて紳士のネクタイを直した。

それからきちんと一礼した。

「……ありがとう、よくできたお嬢さんだ」

感心したふうで、紳士は態度を改めた。

「非礼を詫びる。昨今の社会情勢に少しばかり精神がささくれだってしまったようだ。こんなお嬢さんにあたるなどと——」

紳士はゆううつな目で、卓の上に放り出されていた新聞記事に視線を向けた。

ヨーロッパの火薬庫とも称される、バルカン半島の紛争は長きに及び、欧州は不穏な情勢を帯びてきている。紳士の飲んだドイツコーヒーの味も、さぞ苦かったに違いない。

「——すまなかった」

「お気遣いは無用です」

わたしがそう応じると、紳士はもう一度礼を云って店を出て行った。

店員がちらりとわたしを見た。意外そうな顔をしていた。たぶん、わたしが気性の激しいラテン系の血筋を発揮して、紳士を罵倒するところを期待したのだろうか。

わたしは羞恥（しゅうち）でうつむいた。店内でだいぶ目立ってしまった。

湯気の立つカフェ・オ・レとパイが運ばれてくるまで、そうやってうつむいていた。欲望は合理的な精神に勝る。

立ち直ったわたしはパイを食べてカフェ・オ・レを啜り空腹を満たした。

その頃になって、ようやく店の入り口に待ち人が姿を見せた。

まだ年若く、黒っぽいジャケットを着ているが、ネクタイは曲がっていて、かなり急いでやってきたのだとわかる。

「ネネ様」

店の入り口でそう声を上げたので、店内の紳士の何人かがそちらを見た。わたしはちょっと頭を抱えた。

こちらを発見して、

「ネネ様」

さらに呼びかけながら歩み寄ってきた。

「ネネ様、困ります。寮を抜け出したりしては。教師たちがあなたをどう処するのか考えるだけで、わたしの胃には穴が開きそうです」

「アル、お願いだからもっと小さな声で」

わたしは懇願した。

アルは周囲を見回して、喉の奥で「うぬぬ」とうなると、どっかと席に座った。

注文を取りに来た店員に、

「ブラックを」

通ぶって安い注文をしておいてから、

「何をお考えですか、急にこんな場所へ呼び出して」

「北マラムレシュから手紙が来た」

わたしが答えると、アルは不可解そうに、

「ロイーダ家から？」

「ええ、父の直筆みたいだけど、内容からして継母の意思によるものでしょうね」

わたしは鞄から出した手紙をテーブルの上に置いた。アルは行儀よく手紙を見つめている。なんだか犬に待てをしている気分になった。

「拝見しても？」

「見てもらうために持ってきたのだから」

寮を抜け出して『カプシャ』までやってきたのは、朝食を摂るためだけではない。アルに手紙の内容について相談したかったからだ。

アルは、ロイーダ家の遠縁にあたり、わたしにとっては旧知の間柄だ。家柄が良いとはいえ、北マラムレシュの寒村の娘が、こうして首都の学校へ通うにはアルのような協力者が欠かせなかった。

アルが目付け役をしてくれるおかげで、オイゲンはわたしが北マラムレシュを離れることを承諾してくれた。アルはロイーダの血筋の内でも保守的な家の子であったが、オイゲンに気に入られていた。

年齢はわたしよりひとつ年上だ。幼いころからの関係なので、気心は知れているのだけれど、ひとつだけ不満があった。それはアルがわたしに従者のように接することだ。

「ネネ様」

手紙を読んだアルは難しい顔をする。

こんなふうにわたしを様付けして呼ぶのが気に食わない。

アルが注文したコーヒーが運ばれてきて、それを一口飲むまで沈黙は続いた。

「ネネ様、これはなんとも困ったことになりましたね」

「ええ」

いい加減、名前くらい気安く呼んで欲しかったが、アルの堅物ぶりを良く知っていたので、そんなこと口に出しても無意味なのはわかっていた。

「――ここには、学校を出たら嫁ぐ心づもりでいるように書かれています」

「急に嫁げだなんて……」

「さすがに成人までは、オイゲン公も待たれるでしょうが……」

「そんなことを問題にしているのじゃないわ。この時代に近親での婚姻だなんて」

「血を濃くするのは、いつかやんごとなき血筋の主流へと返り咲くための、家系の宿命たる営みです」

「そんな宿命にいつまで縛られなければならないのかしら」

「わかりません。しかし、家系に連なる者として生きていこうとすれば、オイゲン公の命には逆らえませんよ。たとえ、それがカトレア様の思惑だとしても」

「逆らえば、家を出なければならない」

「ネネ様の本意ではないでしょう？」

アルの腹立たしいところはもうひとつあって、わたしの真意をよく理解してくれているというところだった。

「ええ、今のところはね」

わたしは夢想家ではない。現実的に家を離れて自立しようとすれば、必要なものは山ほどある。そして、今のルーマニア王国に親の意に背いた娘の居場所はなかった。

「わたしは父も、弟たちも嫌いじゃない。継母ですら憎んではいない。皆が、習俗的な血筋と云うものに囚われているだけなのだって理解しているから」

「……誰かを憎んだほうが楽ではありませんか？」

アルは、そんなふうに逃げ道をつくってくれるが、わたしは首を振った。

「誰かを敵にしても、何も解決しないもの。それとも――」

わたしはできるだけ冗談めかして、

「――あなたがわたしと逃げてくれる？」

わたしがそう云うと、アルは動揺してコーヒーを噴き出した。

重苦しい因果も、血筋も、そうしているだけで一時、忘れられた。


ロイーダ家をめぐる家庭内の事情について、わたしはそれほど深刻にとらえていたわけではない。首都での学生生活を終えれば、ロイーダ家を去る覚悟を決めていた。自立できるだけの力が必要ではあるけれど。

父のオイゲンはそのことに気がついているのかもしれない。だからこそ、わたしが受け入れるはずのない要求を手紙に書いて寄越したのだろう。

世相が急速に不穏になっていることとは無縁ではない。

北マラムレシュを含むトランシルヴァニアは複雑な歴史的経緯を含み、オーストリア＝ハンガリー帝国の領土となっていた。民族的にはルーマニア人とハンガリー人の混在が見られるが、この地を統合して大ルーマニアとすることをルーマニア国王が望んでいた。

わたしはルーマニア人だが、オーストリア＝ハンガリー帝国に属するというのが表向きの事情で、ロイーダ家はルーマニア王国側の立場だ。

サラエヴォ事件を引き金にした欧州大戦は、徐々に戦火を広げて、ルーマニア王国の領土的な野心にも火をつけた。ルーマニア王国がトランシルヴァニアを欲して参戦したとき、ロイーダ家がオーストリア＝ハンガリー帝国の先兵となることは避けなければならない。血筋が断絶することなどもってのほかだ。オイゲンはそう考えたのだろう。長男のマルコを手元に置き、念のために先妻との間にできた娘をルーマニアの首都に送っておく。こうすれば少なくとも血筋は守られる。

そのことに思い至れば、むげにもできなかった。

そして、父はわたしの考えを理解していた。

それも戦火が現実にならなければ気にする必要はなかっただろう。

わたしは首都で学生生活を終えて、それから先の自分の自由な人生を思い描いていればよかった。

しかし、ルーマニア王国は宣戦布告を行い、戦争は始まってしまった。

——一年後、首都ブカレスト攻防戦。

小さな農業国の野心は、大帝国の怒りに火をつけた。ドイツ軍の進撃はすさまじく、沿岸部を押さえられると、首都ブカレストはあっさりと包囲された。

わたしは敵軍の攻撃が始まる前に寮を出て、同じように戦火を逃れようと退避する人々の群れの中にいた。

なにせ四方を包囲されているのだから、逃げようもないのだけれど、それでも安全な場所を求めて人々の流れは絶えなかった。

すでにトランシルヴァニアで、ルーマニア軍は退却しているという噂だ。戦況は非常に悪く、首都に立てこもるルーマニア軍もいつまで抗し切れるかわからない。

見知らぬ人々に囲まれながら、わたしは心細さを募らせていた。

「ネネ様」

力強く、優しい呼びかけにわたしは周囲を見回した。

そうして、雑踏の向こう側に見知った若者の姿を見つけた。

「アル」

人の波をかきわけるようにしてたどり着く。

「ご無事でしたか」

アルはこんな状況だというのに快活に笑った。軍服を着込んで銃を背負った姿は精悍(せいかん)だったけれど、わたしの胸には強い不安があった。

アルが軍に入った経緯について、わたしは納得していない。首都を守るためだといっても、アルが銃をとって戦う必要などないはずだ。

「先に寮へ行って、安全な場所へお連れしようと考えていたのです。しかし、この人だかりで進めなくなってしまって」

「あちらにはもう誰もいないわ。ドイツ軍の攻勢が近いから」

「こちらへ」

アルは先に路地の方へ入り込んでいく。わたしは後を追った。

「ルーマニア軍の非常経路があります。地下下水道ですが、そこから市街地の外れに出られます。包囲が弱いので、安全に抜けられますよ」

「他の市民を誘導しないの？」

「……誘導すれば混乱が生じるでしょう」

「だって、軍は皆を守るのが役目でしょう？」

「軍はそうです。最後まで首都を守るでしょう。しかし、政府のお偉方は違う。もうすでに役人たちは逃げ出しはじめています。各箇所の非常経路などを使ってね」

「みんなを見捨てるって云うの？」

「遷都の話が出ています。軍は戦う気ですが、とても勝てるような状況じゃない。逃げ出して、別のところに首都を移そうって魂胆(こんたん)ですよ」

「軍を盾にして、市民を置き去りにして、それで逃げようって云うの？」

「そうしなければ、政府機能が失われてしまう。国家としてはおしまいです」

「誰も救えない国家なら、そんなもの国家じゃない。どうしてこんな戦争を始めたのよ。

勝てっこないのに」

「トランシルヴァニアを得て、大ルーマニアを実現する。それが悲願だった」

アルは首を振って、

「さあ、行きましょう。ロイーダ家の血に連なる者として、わたしはあなたを守らなければならない」

「……それだけが理由？」

わたしが聞くと、アルは振り返った。

「それだけ、とは？」

「……なんでもない」

わたしは言葉を濁した。

ずっとわたしを守ってくれている。首都へ行くと云ったときも、真っ先に自分も一緒に行くと云ってくれた。わたしは父へ頼み込んだ。普段はあまり我がままを云わないのが功を奏したのだろうか、それは認められた。

今も、この時も、守ってくれている。

その安堵感は何ものにも代え難かった。

「ねえ、アル」

「なんです？」

　アルは今度は振り返らない。

　わたしはアルの右手を摑んで引き留めた。

「わたしが逃げたら、あなたも一緒に来るのよね？」

「わたしは、軍での任務があります。今だって、防衛線を抜けてきたんですから、軍法会議モノですよ」

「あなたが戦う必要はないでしょう。だってあなたは――」

「あります。ここで耐えて、首都を守ることが皆を守ることにつながるんです。大義、それから愛国心によってわたしは軍に身を置いたのですから」

「大義、愛国心」

　誰も文句を云えない美辞麗句だ。でも、それよりもわたしはアルに無事でいて欲しかった。一緒に逃げて欲しかった。

「死んでしまう」

「いいえ、死にませんよ」

　アルは首を振って、

「それより、あなたは自由を得る好機かもしれない」

「好機って？」

　そう問い返したが、遠方から爆撃音が聞こえ始めて、アルはわたしの手を引いて小走りになった。

「まずい、もうすぐはじまります」

「ねえ、アル、待って」

わたしはアルを制止した。

「さあ、もうすぐそこです。そこから地下へ入って、そうして包囲を抜けてください。地下は複雑になってるんですが、方向さえ誤らなければだいじょうぶです」

「やっぱり、あなたを置いていけない」

「わたしはだいじょうぶですから」

「これを」

わたしは、自分の手にはめていた銀の指輪をはずして渡した。

「これは……お母様の形見ではありませんか」

「ええ、わたしにとって、唯一無二の品。だから、これを持って行って欲しいの」

「受け取れませんよ、こんな大事なもの」

「だから返しに来て」

わたしはアルの手の中に、しっかりと指輪を握らせた。

「必ず、生きて帰ってきて」

「ネネ様……」

アルが何か口にしかけたときだった。

轟音とともに背後に砲弾が落ちた。

地面が崩れ、地下にアルが落ち込んでいく。

「アル！」

わたしは手を差し出したが、その手はほんのわずかに届かず、瓦礫と煙で視界は閉ざされる。地獄のような情景の中を銃弾が飛び交った。

「アル……生きて……」

薄れゆく意識の中、わたしはただ一人を想った。

仮面の死体の謎　――リサ

　自分に与えられた客室の手前の扉が開く。そこはシズカの部屋で、彼女は手に大工道具のようなものをいくつか抱えていた。

「シズカ、どうしたの？」

「気になってしまって。あの死体の仮面をなんとかできないか考えて道具を見つけてきたんです。家宝だといっても、このままにはしておけません。非難されるのは覚悟して、金具のところ、強引にこじ開けようかと」

　シズカは不穏当な発言とは裏腹に、優し気な微笑を浮かべた。

「こんなもの、どこから持ってきたの？」

「倉庫を漁りました。無断で」

　そう云って、こちらの様子を見る。

「何かありましたか？」

「え？　ううん、おかしな顔してた？」

「悲しそうな顔をしています」

「……ネネの泣き顔に影響されたかな」

　わたしは顔をこすった。

　妹を助けるため、ロイーダ家の協力は欠かせない。だが、女主人のカトレアは出奔した者に力を貸してはくれないだろう。ネネの云うとおりに主寝室の死体のことを騒ぎ立てずに、交換条件で協力をしてもらった方がいい。

　たとえ犯罪に加担する可能性があったとしても、妹の命には代えられない。

　それはわかっている。

　ただ、人の死の尊厳に抵触することは、わたしにとって、なにより自分の信念を揺るがすことで抵抗があった。

　妹を思えば、わたしの心の内の問題はささいなことだが――

　それでも、簡単には割り切れなかった。

　――悩んでばかりだ。

　シズカはちょっと不思議そうな顔をしてから、

「わたし、主寝室へ戻って仮面を壊せないか試してきます。リサは休んでください。だいぶ、疲れてる様子です」

「平気よ。わたしも行く」

「でも――」

「だいじょうぶ、心配しないで。戦時中に、徹夜で傷病者の看病をしたときに比べれば、こんなのなんでもないわ」

「そうですか」

シズカは、それ以上は何も云わず、先に廊下を歩き出した。

わたしは、シズカにネネの提案を話すべきか少し考えた。シズカはたぶん、ネネの提案に怒るだろう。

『……時間はあるわ。考えておいて』

ネネは、わたしが回答を保留することを承諾してくれた。

ほんの少し呑んだお酒のせいで悪寒がした。

結局、無名兵士に託された指輪の件も云い出せなかった。

『ごめんなさい。わたしにも、やるべきこと、守るべきものがあるから』

ネネの要求を聞くと、どうしてもやりきれない気持ちになる。あの無名兵士の純粋な想いを伝えるのは正しいことなのか。

すべてを打ち明けるのは勇気がいる。

ただ、黙っているのは不誠実だとも思えた。

「ねえ、シズカ。話があるんだけど――」

わたしは、シズカにネネからの提案について話す。妹の件についての詳細は避けた。

「なるほど、わたしにも来ましたか」

「わたしにも、リサにもその話が来ました」

「ええ、カトレアが来て、穏当にするのに協力してくれないかと」

「それで、なんて答えたの？」

「一応考えさせてほしいと答えておきました」

「考えがあるのね？」

「複雑な状況ですから、ロイーダ家を敵に回すかどうか、まだ判断できません。わたしたちの前に提示されたのは、仮面を被った妙な死体だけ。事件性があるように見えますが、それももっと詳しく調べてみないとわからない」

「うん」

もしかすると、悪事に加担するかもしれないのだ。シズカの態度は納得できた。

シズカは主寝室の前まで来て、

「どちらにしても、仮面をなんとか外して、その下の頭部を確認しておいたほうがいい。

それで、事件性の有無もわかるかもしれませんから――」

そこまで云って、彼女は異変に気がつく。

主寝室の扉が、ほんの少し開いていた。

「……出てくるときに、扉を閉め忘れましたか？」

「そんなはずない。わたしが最後に出たけど、きちんと扉を閉めたもの」

「では、何者かがこの部屋に入り込んだということになる。あるいは、まだ中にいるかもしれませんが」

シズカは慎重に戸口から中をうかがう。

主寝室には、廊下の扉以外からは入ることができない。唯一の出入り口である主寝室の扉は施錠してしまいたかったのだが、鍵は室内側のかんぬきしかなくて、しかもそれは入るときにシズカが壊してしまっていたから使うことができなかったのだ。

だから、この部屋に入ろうと思えば、誰でも入ることができる。

室内をうかがったシズカは、表情を硬くする。

「おかしなことをしにきた輩がいますね。覚悟はいいです？」

彼女にそう聞かれて、わたしはうなずいた。

扉が完全に開かれ、室内へ踏み込む。

主寝室の異変は、中に一歩入ってすぐに分かった。

寝台の上に横たわる遺体がなくなっていた。

寝台のシーツは乱れ、ほんの少し前までそこに横たわっていた遺体の痕跡がうかがえる。

「遺体を運び出すなんて、どういうつもりでしょうね？」

シズカはかすかに口元を歪めて——微笑だろうか？　そうだとしたら日本人の感性というのは理解しがたい——室内をよく見まわした。

「ここに放置しておくのが耐えられなくなったとかじゃないよね」

「あるいは、わたしたちの行動を先読みして、遺体を移動させたか」

「何のために？」

「これ以上調べられたくなかったから、と考えられますが」

シズカは、手に持った大きなハンマーでぽんぽんと自分の腿のあたりを叩いた。

遺体を調べられたくなかったから？

だから、わたしたちの目が届かないところへ運び出したのだろうか。

「あるいは、他にもっと理由があるかもしれませんが」

シズカは考え込んでいた。そして、おもむろに壁際にある衣装棚の戸を開けて、中を

確認した。そこに収められた衣類を見て、それから、

「対策をしておく必要がありそうですね」

轟々(ごうごう)と鳴る雪風が、石壁を通して伝わってくる。

奇妙な意図が、不可解な謎となって顕れていた。


「何をなさっているんです？」

戸口から声をかけられた。振り向くと、そこにはネネが立っていた。服装は先ほどと同じラフな感じだったが、顔にはしっかりと仮面を被っていた。

「シズカさんに、リサ？　いったい何をなさっているの？」

「事態が変わったのです」

シズカの視線を追って、ネネは寝台を見た。そこに遺体がないことに気づいて、はっと体を強張らせる。握りしめた両手が震えていた。

「あなた、身に覚えがありますか？」

「……ありません。わたしは先ほどまでリサと一緒にいたんです」

そうだ、不可解で疑うべき出来事ではあるが、ネネはわたしと一緒だったという不在証明がある。だから、彼女が直接かかわったわけではないのだ。

それだけは間違いない事実だ。

鉄壁ともいえる弁解を聞いたシズカの瞳に奇妙な光が宿る。その体が何かを意図して素早く動いた。

「少々失礼をさせていただきます」

「え？」

ネネが困惑するのをよそに、シズカは彼女の身体を引き寄せる。

そして、ネネの腕をつかんだ。

「失礼でしょう」

ネネはシズカにつかまれた手を振りほどいて、

「今は妙なことをしている暇はないはずです」

「そうでした」

シズカは今度は簡単に引き下がった。自分の袖口のボタンをひとつちぎり取って、ハンカチに丁寧に包む。

妙な具合だった。シズカの奇行――確かにもっと西部の社交場ではハグするぐらいは挨拶なのかもしれない。日本もそうなのだろうか――は何か意味のあることなのか。

彼女はしれっとして、

「では、他の誰かがこれをやった」

シズカは、室内をひとしきり調べてから主寝室を出た。わたしも続く。それから扉を閉めて、その戸口のところに持ってきたハンマーで釘を打った。

「本当は、もっと厳重に封鎖したいところですが、そうもいきませんから」

シズカは主寝室を塞(ふさ)いでしまう。

「ここはいちおう、現場保存しましょう。こういう処置を最初からしておくべきでした。わたしの失敗です」

「わからないことだらけ」

最初に、検診したロイーダ家の主人が仮面を被った死体となった。その後、遺体はどこへともなく消えてしまった。

「ご家族の誰かが遺体を移動させたのでしょうね？」

シズカの口調は少し辛辣だった。

「いいえ、そんなことは――」

ネネは頭を振って、それから奇妙に動揺した様子で、

「これが――」

つぶやきを漏らす。

「――人を殺さないために、人を殺すということ」

宿業　――ネネ

血を見るのが苦手だ。

わたしは生来、少し気弱な性格を自覚することが多かった。他人からすると、毅然として、気が強く見えるらしいが、それは自分の考えや感情を胸の内に留めておくことを、子供のころから強いられてきたからだ。

父オイゲンの後妻であるカトレアの子供はすべて男子で、弟たちは夏などには、そのあたりにいる虫を捕まえて遊んでいた。わたしはそれも苦手で、マルコやイオンが喜んで持ってくる昆虫が気味悪くて仕方なかった。

指の先を少し切って、血が出ただけで頭がぼうっとなって寝込んでしまうくらいで、我ながらずいぶん小心だと思う。

ロイーダ家の数代前の当主は、恐ろしい人物で、血を厭(いと)わずに合戦に明け暮れ、敗者には情け容赦なかったという。ロイーダ家の血筋には、こうした者が時々あらわれて、一族を繁栄させたというから、わたしにはその資格がないのだ。

その血筋と、性質を異にしているのはありがたかったが、それにしても極端に気弱だというのも困りものだった。

友人たちは、女らしくあって良いというが、父であるオイゲンは別の意見を持っているようだった。父は、よくわたしに警鐘を込めて昔話を聞かせた。

『ロイーダ家の数代前、まだ剣や槍で戦争を行っていた時代のことだ。当主のミルチャは気弱な人物で、戦いを好まなかった。だが、彼は自分の妻が恐ろしい奸計(かんけい)にあって謀殺されると、領内の不穏分子を容赦なく粛清(しゅくせい)した。斬首ではなく、串刺しという、卑しく残酷な刑罰によってだ。有名なヴラド公のようにそれを行ったのだ』

父はわたしの肩に手を置いて、

『お前はロイーダ家の血の結晶だ。誰より優しく、人に慕われている。だから、それだけに自分の血に潜むものに注意しなければならない。

ロイーダ家にはそうした激しさがある。ラテンの血の典型のように、決意と情熱とが人を禍々(まがまが)しき者へと変える。

お前は自分の気弱さを嘆くが、それよりもわたしが恐ろしいのは、お前が決意して何事かを為そうとしたときに、手段は選ばないだろうということなのだよ』

そう云う父の手をとって、わたしは苦笑した。

弟が持ってきた虫に仰天して、泣き出してしまうわたしが？　お料理の途中で包丁で指の先を切っただけで、半日はベッドに横たわってしまうわたしが？　そんなはずはないのです。むしろ、もう少し強い自分でありたいと思うくらいです。

父はわたしの瞳を覗き込んで、杞憂だったというように微笑する。

ロイーダの血の宿業なんて、おとぎ話なのだ。

隠された顔　――リサ

わたしには不思議だった。

思いつめた眼差し、小刻みに震える体。何が彼女を苛（さいな）んでいるのか。

ネネが、廊下の壁にもたれかかった。主寝室から遺体が消えたことに関して、彼女は尋常ではないほど衝撃を受けている様子だ。それは、ネネが事件に深くかかわっているという疑いを揺るがせるものだった。

妹のエマの姿が重なった。わたしは彼女の背をさすってあげる。震えが止まって彼女の顔がこちらを向いた。

「リサ……」

仮面の奥の瞳が濡れている。彼女を連れ出して、窓の開いた部屋で休ませてあげるべきか悩む。

「だいじょうぶ」

ネネは歯を食いしばった。

呼吸が乱れていた。壁に背をつけてあえいでいる。

「でも――」

「この仮面はね、わたしをわたしでなくしてくれるのよ。これを被っていれば、わたしはロイーダの娘としては扱われない。それは望んだはずの自由な立場を、仮初であっても得られるということ。でもね、あなたに背をさすってもらうと、否が応でも自分がロイーダの人間だって自覚させられる。おかしなものよね、あなたの温度が、とても優しくて、ひどく残酷なのよ」

「ネネ……」

「ごめん、あなたを大好きだけど、傍にいないで」

ロイーダの血は、ネネにとって苦痛でしかない。目の前にいる顔を意識するたびに、それは強く想起される。

自分はロイーダの娘なのだと。

ネネは仮面を脱いで素顔をあらわにする。蒼白で、雪の降る晩だというのに汗に濡れていた。わたしはネネの傍を離れて、シズカのところへ移動する。

「主寝室から運び出した遺体をどうしたのか気になります」

「焼いたとか、埋めたとか」

「どちらにせよ、わたしたちに発見されないように気を配ったでしょうね」

「何のために、こんなことをしたのかな」

「仮面の下の顔を知られたくなかった、ということだとは思います。ただし、それだけでは、どうもやりすぎだとも思えますが」

「どういうところが？」

「最初にわたしたちと会見したときに顔を見せていました。それなら、死後になって顔を検(あらた)められたくないっていうのはどういうことなのでしょうか」

「別の意図を勘ぐってしまうけど」

　わたしがそう云うと、

「あの死体は別人ではないか。リサが考えているのはそういうことでしょう？」

「うん」

「ですが、その説はリサ自身によって否定されているのですよ」

「どういうこと？」

「寝間着の袖口ですよ。オイゲンの腕には痣があり、そこから滲んだ血が袖口の裏側に細く跡を残した。そして、死体の寝間着の袖口にも同じ痕跡があった。これはオイゲン

＝仮面の死体という状況を裏付けるものです」

「どうして？　オイゲンの寝間着を別人の死体に着せただけかもしれない」

「それはあり得ません。リサの話を聞いて、主寝室の衣装棚を覗いて見ました。そこには同じ寝間着が三着ほど畳んでありました。あれは既製品で、ようするに自分の寝間着を脱いで、別人の死体に着せ替えるような手間をかける必要はないんです。同じものがあるのですから、死体の方に別に用意した寝間着を着せておけばいい」

「袖口の裏の痕跡に気がついた人がいて、それで寝間着ごと着せ替えたのかもしれない」

そこまで云って、袖口の痕跡の話をしたときにシズカがそれに気がついた人はいたのかと質問した意図がわかった。

「だから、あのとき聞いたのね」

「ええ。ですが、ネネさんであればその可能性はなくなります。彼女には、わたしたちと応接室で一緒だったという不在証明が成立する。死体の寝間着を交換するような真似は不可能です」

「オイゲン自身が気がついて交換したって可能性はないかな？」

「リサがまくった袖口を直したのですよ。袖口の裏についたかすかな痕跡に、本人は気がつきようがないです。他の人であればなおさらです」

「じゃあ、本当に消えた死体はオイゲンなんだね……」

「――ええ」

シズカは考え込んで、

「いずれにせよ、これでこの件がただの病死ではないとはっきりしました。これをやった犯人が必ずいます。この邸の限られた人間の中に」

シズカは、その瞳の奥に冷たい火を宿している。

しばらく燻っていた薪が、勢いよく燃え盛るようでもあった。

「何事ですか」

ようやくにして、異変を聞きつけたらしいカトレアが息子たちと一緒に姿を見せた。

わたしたちを警戒するように見ている。夜着に上着を羽織った程度の恰好で、いかにも今まで寝ていた感じだった。

「奥様、おかしなことが起きました」

シズカが説明する。

カトレアはそれを聞き終わると、

「明日の朝に、人を呼んで、捜させましょう」

「これは一大事です」

「いいえ、たいしたことではありません」

カトレアはそう云ってとりあわなかった。

「たいしたことではないですって?」

「ええ、そうです。家人が亡くなり、遺体が行方不明になった。ようするにこれは、どこまでいっても当家の問題なのです」

「奥様、それは——」

シズカが食い下がるが、カトレアは意に介さず、

「面倒ごとはもう終わりです」

そう云って、踵を返した。

二人の息子も冷たい一瞥をくれてから戻っていく。それを見送って、

「解せませんね。ロイーダ家の人たちの態度は」

「そうね」

わたしも今のカトレアの態度には少し腹が立った。邸内で、遺体が消失するというのは、よほどの大ごとだと思うけれど、それにもかかわらず意に介さないのが理解できなかった。

ネネの方をうかがうと、彼女は仮面をつけて壁際に佇(たたず)んでいた。唇の色が青ざめていて、まだ気分が悪そうだ。

シズカが、ネネに、

「ネネさん、これからのことについてご相談があるのですが」

「シズカさん、ええ、結構ですよ。わたしも、お話ししておきたいことがあるんです」

「わたしの部屋まできてくれますか？」

「もちろんです」

ネネは応じて、わたしたち三人は客室に向かって歩きはじめる。

窓の外はだいぶ吹雪(ふぶ)いている。凍れる夜はまだ終わりそうもなかった。


ネネが温かい飲み物を用意すると云って、台所へ向かったのでわたしも手伝った。コーヒーを淹れて、客室へ運んだ。

コーヒーを飲むと、いつもよりやけに美味しく感じられた。意識していなかったのだけれど、身体がだいぶ冷えていた。シズカも、ほっと息をついていた。

「はるばる来ていただいて、こんなことが起こってしまって申し訳なく思っています」

「何かあるとは覚悟していました」

シズカは、ネネにそう云ってから居住まいを正した。

「しかし、犯罪に加担はできない」

「それは——」

ネネは冷たい眼差しのまま、

「――継母からの協力要請を断るという意味ですね？　ロイーダ家の医師でありながら、その意を酌むことはできないと」

「わたしに犯罪の片棒を担げと？」

「そうではないんです、シズカさん、あなたは誤解しています」

ネネの反駁に、シズカは首を振って、

「どう誤解していると？　そう思うなら、この出来事を全部説明していただきたいです。そうでなければ納得もできませんし、協力など論外です」

「説明はできません。知らないことが協力の前提条件なのです」

「無理です。病死かどうか疑わしい段階であれば、まだ穏当な対応もできましたが、ご遺体を運び出して隠蔽するなどという真似をされては、犯罪行為への加担を意味する」

「シズカさん、事態の推移を慎重に見定めていただければ、あなたにもきっと理解していただけるはずなのです。わたしは、だからこそ、首都であなたを見込んでロイーダ家の専任医師として招いた。どうか、もう少しだけ猶予をいただけませんか？」

ネネのまっすぐな瞳を見て、シズカは口ごもった。

それから、ネネはわたしの手を握って、

「リサ、あなたにもあらためてお願いしたいの」

「嫌だって云ったら、またわたしのこと脅すの？」

「リサ、お願い、わかって、お願いよ」

ネネは、そう云うと被っていた仮面を外した。あらわになった素顔を見て、シズカが目を見開く。ネネの素顔と、わたしの顔を見比べている。

「リサ……」

「わかった」

わたしはうなずいた。

妹を助けることが、わたしにとっての最優先だ。そのためにはネネの協力が必要になる。彼女の要請なら応じないわけにはいかない。

「リサ、見損ないましたよ」

シズカは眦を鋭くして、

「その顔、姉妹？　グルだったのですか？」

「事情があるのよ」

「事情ですか。ロイーダ家は、ことあるごとに真相を伏せますね。わたしはお断りしたいです」

シズカの言葉にネネは、

「では、こうしましょう。あなたの疑問のいくつかに答えます。それで、とりあえず、納得してもらえませんか」

「わたしが知っても構わないと？」

「はい――」

ネネははっきりとそう答え、

「――ですが、すべてをお話しすることはできません。それでもよければお答えします。しかし、それだけでは、あなたは決して真実にはたどり着けない」

「ネネさんが嘘をつけば、たしかにそうかもしれません」

「嘘はつかないとお約束します。ニセの手がかりなど提示しません。そうした行為はロイーダ家にも、あなたにも不利益になるからです」

「それでもわたしは真実を知り得ないと？」

「はい。あなたは真実には達しない。そして、あなたは説明が無ければ協力できないとおっしゃる。だから、あなたの疑問にお答えするのが、賢明な選択だと思えるのです」

「わたしが真実に至ったら？」

「好きにされるといいでしょう。ロイーダ家にとっては、不要な存在となりますので、もうこの家にはいられなくなりますが」

「わたしが世間に喧伝（けんでん）するかもしれない」

「そうはなりません。決して――」

ネネははっきりと、

「――あなたはそういう人ではないからです」

「信用されているのか、そうではないのか、いずれにしても、わたしは自分の考えを変えるつもりはありません。真実を知るつもりです」

「交換条件を申し上げてもよろしいですか？」

「なんです？」

「事件の推移を見守ることです。必ず、最後まで」

「たいした自信ですね、それでわたしが協力的になるとお考えになっている」

「あなたを選んだのはわたしですから」

「……わかりました」

「今夜の一件を考えるうえで、いくつかはっきりさせておかなければならないことがあります。まず、ネネさんにそれを答えていただきたい」

「なんでしょうか？」

ネネは、警戒心を見せた。シズカは、

「まず、医師と看護婦をロイーダ家に招いた真意」

「真意とは？　ロイーダ家があなたがたを招いたのには何かあるとお考えなのです？」

「はっきり云っておきますが、初見でオイゲン・ロイーダが、健康であるのはよくわかりました。ここが寒村といっても、少し遠出すれば町医者にかかるのに苦労はない。それもしないで、たいした病気もない男のために医師と看護婦を手配するというのは納得できません」

「たしかに、病気はありません」

ネネは、あっさりと認めた。

「では、なぜ？」

「あなたたちに今回の件に関わってもらうためです。もうしわけありません、主人が病に臥せっているというのは嘘で、それは認めます」

「あの仮面を被った死体に関わらせるということですか？」

「はい、そうです」

「まともではありませんね。殺人だとしたら、なおさら」

「殺人だとお考えなのですね？」

ネネは逆に質問した。

「確かに主寝室は密室で、その点からすると、殺人はあり得ない可能性です。かんぬきによって出入りは不可能な状態だったのですから。しかし――」

「シズカさんが殺人の可能性があると問題視しているのは、主寝室の施錠が、疑惑を掻き立てるからですね？」

ネネが答える。

「――ええ。非常に簡単な施錠方法です。かんぬきがかかっているだけで、廊下側から隙間に刃物を差し込んで横棒を断ってしまえば、あっさりと開く程度の。だからこそ、詐術の入り込む余地があるのです」

「いったいどんな詐術です？」

「犯人は――便宜的にこう呼びますが――まず、室内側でかんぬきをかける。そうして扉が開かない状態にします」

「それでどうやって室外へ出るのですか？」

「わたしが入るときにやった方法の逆です。かんぬきの横棒を刃物で断つ。重要なのは、断ち切る箇所で、それは意図的に開けた廊下側の扉の隙間から横棒を見たとき、見えない位置にする必要があります。扉の横の受け金具側に近い位置でしょう。そこで、横棒を断ってしまえば、受け金具側に横棒が残ったままで、見た目にはかんぬきがかかっているように見える」

「……それで？」

「部屋を出て扉を閉める。扉の隙間からかんぬきの横棒が見えていますが、それはすでに断たれた横棒、受け金具に支えられているだけ。そこで、呼び出したわたしたちにこう説明するのです。かんぬきがかかっていて、室内に入れないと。実際は、横棒はすでに断たれているから、そのまま扉を開けることは可能でしたが、わたしたちはあなたが開けた扉の隙間を見て、その説明を信じ込んだ。そして、用意された刃物を扉の隙間に差し込んで、横棒を断って密室を開いたように誤認させられた」

「ご名答です。シズカさんを見込んだ意義はあったのだと確認できました」

ネネは、シズカの推理を肯定した。

「……どうしてそんな詐術を？」

「密室を形成する意義はお判りでしょう？」

「被害者が病死か事故だと思わせるためですか」

「はい。あたりまえですが、不可能状況は、病死、事故、自殺を示唆するものです。外傷がないなど、事故や自殺の可能性を消しておけば、病死の所見を補強できると考えました」

「あなたがやったのだと、自白しているようにも思えますが」

「さあ、どうでしょうか？　仮に密室の形成をしたのがわたしだとして、それと父の病死が関連していると、はっきり証明できますか？

密室をつくった犯人と、仮面を被った死体を作り出した犯人が同一だという証拠が？」

「いえ」

シズカは首を振った。確かにそうだ。密室形成を補助したのはネネかもしれないが、それと仮面を被った死体を作った犯人が同一であるとは限らない。その証拠はなかった。

「そもそも死体が仮面を被っていた意味が不可解です。仮面を脱がすため、道具を持って戻ったとき、主寝室の扉が開かれ、遺体が持ち去られているのを見て、またよくわからなくなりました。最初は犯人が被害者の頭を鈍器で殴って殺害し、頭部にはその痕跡が残ってしまったから、仮面を被せて一時的に隠した。それから、殺害方法がわかってしまうのを恐れて、遺体を始末したのだと考えました。凶器が特徴的な形状で、傷痕を調べられると、犯人の持ち物だとわかってしまうのではないかと」

「なかなか興味深いです」

ネネは首を振った。

「ですが、主寝室の内部には格闘の跡がありません。不意打ちで、一撃で仕留めたのだとしても、血痕が残ります。そういったものは存在しません」

「でしょうね。そんなに単純ではありません」

シズカは嘆息して、

「教えてくれませんか。あそこまでする必要がありましたか？　わたしたちの疑いを深くするのがわかっていて、遺体を運び出すような真似をする必要が？」

「いいえ」

「ネネさんが犯人ではないのですね」

シズカは断定的に云った。

「あなたは何も信じないでしょう」

「もちろん信じません。

あなたはずいぶん不可解なことをしておられる。

密室をおぜん立てしてまで、どうしてあの仮面を被った死体を見せて、わたしたちという発見者をつくりあげたのか。

最大の謎は動機にあります」

「あなたに謎は解けません――」

ネネの口元は、少し憂鬱そうに嗤っていた。

「――お約束の通り、我が家に滞在して、すべての推移を見守っていただきます。最後まで」

密室の謎が解かれても、謎の答えは、まだ凍れる夜の最中にあった。

尖塔 ――リサ

北マラムレシュの冬の厳しさを物語るように、その夜は凍れるほどに寒々しく、長く暗かった。ネネが退室して去った後も、シズカは何事かを深く考え込んでいた。

「おかしなことになってしまったわね」

「あなたは裏切り者です」

シズカは思索を中断して、わたしを軽くにらんだ。

「云ったでしょ、事情があるのよ」

「わかっています。でも納得はできませんね。それがどんな事情であっても、もし犯罪に加担するかもしれないと考えたら躊躇するでしょう?」

「躊躇はした」

「それで、ロイーダ家の犬になり下がったと?」

「それは云いすぎじゃない?」

ちょっとカチンときて、わたしはシズカをにらみ返した。

「事実でしょう」

シズカが立ち上がる。思い悩むことのあれこれが多すぎて、もうストレス過剰になっていたわたしは彼女を——

ぉおおん、と地鳴りのような音がした。

——なんだろう、あの気味の悪い声のようなものは。

「なにか聞こえました」

「どこからだろう、かなり遠くからみたいだけど」

シズカとわたしは、一触即発の状態を解除して周囲を見回した。音は室外からのようだったが、かなり反響して全く方向性がつかめない。

「あれは」

シズカが窓の外を指し示した。

雪煙の舞う闇の中に黒々と尖塔が見える。ロイーダの邸宅が城塞だったころの名残だろうか。それは物見塔のようで、邸宅から少し離れている。その塔の上に人影が見えた。かなりの距離があったのに視認できたのは、その人影が手にランプらしきものを持っていたからだ。

淡い光の中で、その人影は奇妙にゆらゆらと体を揺らし、そして中空に体を放り出した。

「あっ」

思わず声が漏れた。

距離があって、それほど鮮明に見えるわけはないのに、その光景はゆっくりと妙に生々しく見えた。塔の側面を擦(こす)って、人影がくるくると回る。

これ以上見たくない、でも目を離すことができない。

灯りとともに、人影は地面に向かって落下した。

「大変です」

シズカは、急いでコートを着込んだ。わたしもあわてて自室へコートを取りに戻る。

「誰かに知らせないと」

「時間が惜しい。とりあえず、わたしたちだけで行きましょう」

飛び出すシズカの背を追って、わたしも駆け出した。

廊下は灯りも消えて、暗く、外の吹雪の音だけが響いていた。

玄関ホールへ行くと、暖炉の火は消えたままで、ひどく寒々しい。階段を上がった。

そして二階の廊下から奥へ走った。

ロイーダ家の二階、長く伸びた廊下の先に、アーチ状の渡り廊下があって、そこから尖塔へ行けるようになっていた。正面玄関から外へ出て、中庭を横切って向かうよりも、風雪に阻まれる心配がない。

アーチの手前まで来て足を止める。

そこから先は、天井が無く、吹雪がヴェールとなって視界を覆っていた。

足元に注意してアーチを渡った。雪は石畳にも厚く積もっていて、踏み込むと、くるぶしのあたりまで埋まった。

尖塔の前まで来て、肩に付いた雪を払い落した。

シズカは、そこから下を覗き込んでいたが、夜闇と吹雪で何も見えなかったらしく、

「だめですね、灯りは落下した衝撃で消えてしまったのでしょう」

「下りて確かめるしかないよ」

尖塔の入り口には、簡素な木製の扉がある。鍵がかかっているかと思ったが、扉は難なく開いた。

そうして扉を細く開けて、闇の中へ滑り込む。

「真っ暗ですね」

シズカが一歩踏み込んで躊躇する。それから左右と上下を見て、

「階段の踊り場です。下へ行ってみましょう。暗いですから、滑って落ちたりしないように」

「そっちこそ、注意してよ」

おそるおそる塔の中へ入る。

尖塔の内部は空洞で、パイプを縦にしたような構造だ。壁面に沿って手すりのない螺旋階段が上下に続いている。真ん中は吹き抜けで、ちょっとバランスを崩して落ちたりすれば、もう助からないのではと思われた。

闇に転がり落ちるように、真っ暗な螺旋階段を下りる。

「だいぶ古い構造物です」

「城塞だったって頃のものなのかな」

「そうですね。邸宅の方と違って手入れはされてない。当時のままなのでしょう」

「ちょっと気味が悪い」

ただでさえ暗く、廃墟のような寒々しい空間だ。歴史の闇に埋もれた亡霊でも出てきそうな雰囲気だった。

一階に到着する。そこもがらんとした空間で、さらに地下があるらしく、階段は下へ

とまだ続いている。壁面に扉があって、そこから外へ出るようだ。

扉を確認すると、こちらはしっかりと施錠されている。中から鉄製のかんぬきがかかっている。邸宅の主寝室と違って、頑強なしろもので、錆びていたので、なかなか動かせなかった。シズカと二人で力を込めて、なんとかかんぬきを外すことができた。

「しばらくの間、この扉は使われた形跡がありませんね」

シズカは、扉の状態を注視していた。

扉を開けて外に出ると、雪が吹きつけてきた。外も暗かったが、中よりはましだ。邸宅側の常夜灯で、視界は確保される。わたしたちは手分けして周囲を確認した。

「こっちです」

シズカが、いち早く発見したらしく声を上げた。

塔の外周をぐるりと半周したところに、それは横たわっていた。

「どういうことでしょう？」

シズカは蒼白な顔をしていた。寒さによる影響もあっただろうけれど、今、目の前にあるものが与えた衝撃の方が大きかったただろう。

わたしは言葉を失った。

目の前には、雪が薄っすらと降りかかった死体が転がっている。

その死体は鉄仮面を被っていた。

尖塔の上から落下して、積雪した地面に激突したのだろう。それは間違いなさそうだ。周囲に飛び散った雪と、ひどい状態の死体がそれを物語っている。

主寝室の寝台で発見されたのと同じく、寝間着のような恰好なのが、悪い冗談みたいだ。奇妙な死体は、壊れた人形みたいに四肢を投げ出している。骨や関節は落下の衝撃で粉砕され、逆方向に曲がったりねじれたりしていた。

仮面を被った頭部も、首が鋭角に曲がっている。いくら鉄製の仮面をつけていたとしても──

わたしは尖塔を見上げる。

──あんな高さから落ちて助かるわけがない。

尖塔の頂上まで、どう見ても三十メートルはあった。

「すべての推移を見守る、ですか」

シズカが、ひとりごとのようにつぶやいた。それはネネとの約束だった。

「まだ終わってないということです。この夜は──」

白い闇　――リサ

遠く、雪煙の向こうに見える邸宅の玄関あたりに明かりが見えた。それは数人の人影とともに近づいてきた。

よく目を凝らすと、それはネネとロイーダ家の人たちだった。手にランプを持って近づいてきたネネは無表情に、

「何事ですか？」

「これを」

シズカは、説明もせずに地に伏した死体を指した。

「……ロイーダ家の者ですね」

そう云って、背後にいたカトレアに視線を送った。カトレアの背後には息子のうちの

どちらか一人——わたしにはまだ顔の区別がついていなかった——が立っている。

「マルコです」

カトレアも感情なく答える。

「なんですって？」

シズカが死体の脇にかがみこんでから、もう一度聞いた。

「間違いありませんか？」

「間違いありません。これは、長男のマルコです。先ほどから行方が分からなくなっていたので、心配していたのですよ」

「この死体は仮面を被っている。それでも、これがマルコさんだと断定する根拠は何です？」

「根拠ですって？」

カトレアは、いっそ不遜なほどの態度で、

「わたしは母親ですよ。見ればわかります」

「それは——」

シズカは反論をしようと思って、その言葉を呑みこんだらしかった。確かに、ここで問答しても無意味だろう。

「どうしてこんなことに？」

「マルコは父親を慕っていました。今夜オイゲンが病で亡くなったのがショックだったのでしょう。それで、思い余って尖塔から身を投げた。哀れなことです」

「仮面を被って、ですか？」

「それこそ、父親の後を追ったのだという証拠でしょう。崇敬する父親と同じような最期を迎えたいという顕れです」

「……そうですか」

シズカは頭を振って立ち上がった。その視線の先にネネがいる。

「尖塔を調べても構いませんか？　念のためどこから落下したかを見ておきたい」

「……構いませんよ」

ネネは、カトレアをちらっと一瞥した。それから暗いだろうからとランプを貸してくれた。

シズカはそれを受け取って、尖塔の内部へ戻る。わたしも後に続いた。

「……あの死体、すっかり冷めていました。わたしたちが尖塔からの落下を目撃してここに駆けつけるまでにあのような状態になるでしょうか？」

「外気の影響は？　今は、吹雪で荒れていて、だいぶ寒いよ」

「そうだとしても不自然です。それに、決定的だと思ったのが、出血があまりなかったこと」

「うん、それはそうね……」

三十メートルも落下して地面と激突したら、その衝撃で人体は壊れ、かなり出血をすることになる。そう考えると、あの死体にはさほどの痕跡が見られなかった。

「これが仕組まれた出来事だっていうのは間違いありません。どうしてこんなことをするのか、動機は相変わらず不明のままですが」

「わたしも知りたいと思う。だから、シズカと一緒に行く」

わたしの言葉に、シズカは何も云わなかった。

階段を上がり、二階の踊り場に出てから、アーチに続く扉をランプで照らす。

「見てください」

シズカは、扉からアーチのほうへランプを差し向けた。

「積もった雪に、足跡がついています」

「うん、そうだね。それがなに？」

「これは来るときについたわたしとリサの足跡ですが、もうひとつ、塔からアーチを渡って邸宅の方へ戻る足跡がついています」

「えっ」

わたしは驚いてアーチの上に残る足跡を見た。わたしとシズカが来るときに踏んだ跡と、それからもうひとつ、邸宅の方へつま先を向けた足跡があった。

「こんなの、来るときにはなかったよね？」

「はい。間違いなく、もう一人誰かが尖塔から邸宅の方へ行った。その人物が来るときに付いた足跡がないのは、時間差がある証拠ですね」

「どういうこと？」

わたしの疑問にシズカは、

「整理してみましょう。まずこの足跡の主がアーチを渡って尖塔へ入る。時間が経って――この間に来るときの足跡は雪が積もって消えてしまう――わたしとリサがアーチを渡って尖塔へ入る。足跡の主は尖塔の上階か、階段で息をひそめていた。それで、わたしとリサが一階へ下りて、外に出たのを見計らって、アーチを渡って邸宅の方へ戻った」

「どうしてそんなことを？」

「どうしてでしょうね？　わたしたちに姿を見られたくなかったのかもしれません」

シズカは、ランプで足元を照らして階段を上がり始めた。

「……ねえ、シズカ、あの死体の仮面、金具を壊して脱がしたほうがよくない？」

なんとなくだけれど、あの落下した死体も、主寝室の死体と同じように持ち去られるのではないかという予感がした。

「あれは脱がせても無駄です」

シズカは首を振った。

「なんで？」

「かなりの高さを落下しましたからね。鉄の仮面で頭部を覆っていても、頭部が地面に激突していましたから、中身だってただではすみません。きっとひどい状態です。金属の容器に、生卵を入れて落としたと考えれば、どんな感じかわかるでしょう」

「……うん、たぶんひどいことになってるね」

「顔などわからなくなっています。苦労して仮面を脱がせても、惨い有様を見せられるだけで、何も得るものはありません」

シズカは嘆息して階段をひたすらに上がる。わたしも続いた。だんだんと息が切れてくる。螺旋階段は長く、頂上へ出るまでいったい何段あるのか見当もつかない。コートの下で、冷えた身体も温まってきた。

「もうすぐです」

シズカが上を見上げる。階段はようやく終わりが見えてきた。上がり切ると、そこは物置のような小部屋だった。

わたしたちは、その小部屋を行き過ぎて、短い階段の前に立った。それは二十段ほどの階段で、天井にある戸板を跳ね上げると、上に出られるようになっているらしい。

シズカが階段を上がって、戸板に手をかけた。

「別に、鍵はかかっていませんね」

「手伝うよ」

戸板は重厚で、シズカ一人では重そうだったのでわたしも手伝った。戸板を持ち上げると、轟々と風が鳴って、雪が吹き込んできた。

「ここが頂上ですね」

シズカは、尖塔の上に出て、それから周囲を見回した。晴れている日なら、眺望は素晴らしいかもしれないが、夜に吹雪の中という状況なので、ほとんど視界は遮られていた。

「もう消えかけていますが、雪が乱れた場所があります。ここから落ちたのでしょう」

シズカは、積もった雪が乱れた場所を見つけてそう云う。手すりは腰のあたりまでしかなくて、注意していないと風にあおられて落下してしまいそうだ。

「間違いありません。下に、灯りを持ったネネさんが見えます。そこに死体があるから、ここから落ちたのは確かです」

それからシズカは、頂上の床を調べて、

「……足跡はない。その代わり、何かを引きずったような跡が残っている」

「何かって？」

「たとえば、人間とか」

視界不良の吹雪の中、奇妙な出来事だけが積み重なっていった。

暖炉と推理　――リサ

凍えるような夜に、温かな暖炉は得難い救いとなる。

わたしたちは、吹雪の中の尖塔から客室へと戻ってきていた。シズカの部屋の暖炉に火を入れて、赤々と燃え盛る炎で体を温めた。

ロイーダ家の人々も邸内に戻っている。尖塔の下の死体については、毛布を掛けてくることぐらいしかできなかった。吹雪の中で死体を運ぶなんていう重労働に耐えられる人間がいなかったし、たとえできたとしても死体を移動させるべきではなかっただろう。

シズカは、

「考えを整理しようと思います」

「うん、それで？」

わたしが身を乗り出すと、シズカは水差しからコップに水を注いで飲んで、

「いろいろなことを一気に問題にしてもらちがあかないでしょう。だから、尖塔の件だけを考えてみようと思います」

「そうだね」

わたしはうなずいて、窓を指し示した。

「わたしとシズカが口論してるときに、変な音が聞こえたよね」

「あれは、尖塔にいた人物の悲鳴だと思います。かなり遠くでしたし、よく思い出してみると方向もあっています」

「尖塔の頂上で足を滑らせて、それで落ちそうになって悲鳴を上げた？」

「そう云う解釈も成り立ちます。もしもあれが事故なら、そういうことになる。カトレアが云ったように自殺なら、ちょっとおかしいですが」

「シズカは、あんなの信じてないでしょ？」

「もちろん、信じられるわけがありません。都合が良すぎます」

「じゃあ、事故ってことも考えられるかな？」

「それにしては不自然です」

「でも、あれが殺人ならもっとおかしくない？　わたしたちが悲鳴を聞いて、尖塔の頂上に人影を見つけるまでに、少しだけ時間があったよ。突き落とされたとかだったら、

落下していくときに悲鳴を上げるものだと思うけど」

「もうひとつ殺人を否定する材料があります。尖塔の頂上には争った形跡はなかったから、格闘の末に落とされたわけではない。これは悲鳴の件を考慮すると、とても奇妙なことになります」

「どうして？　頭を殴られたとかで、気絶させられて落とされたかもしれないじゃない」

「リサ、矛盾しています。その場合、悲鳴はどこで上げるのですか？」

「あ、そうか。うーん、凶器を振りかぶった犯人を見て、被害者は悲鳴を上げる。犯人は一撃で被害者を昏倒させて、それから塔の頂上から落とす？」

「鉄製の仮面を被っている相手を、一撃で昏倒させられますか？」

「お腹を殴って気絶させたとか？」

「すごいハードパンチャーです。ボクシングでもやっていたのでしょうか？　それでもいちおう説明はつきますが」

「……うん、ちょっとあり得ないね」

「そういう強引なこじつけをすれば、なんとか説明はつきますが、やはりもっとしっくりくる事実があるのだと思いますよ」

「たとえば、どんなことが考えられる？　悲鳴が聞こえてから落ちるまでの間に少し時間があったことに、合理的な解釈があるかな？」

「悲鳴を上げたのが被害者だとは限らない。これが合理的な説明です」

「被害者以外の人物って……」

　それはつまり、犯人ということだろうか。

「リサもわかってるでしょう。邸内から尖塔へ行くための経路は、玄関を出て外の中庭から行くか、二階のアーチを渡るかのどちらかしかない。尖塔の一階の扉には内部からかんぬきがかかっていて、それは鉄製で錆びていたからしばらく開閉がされていなかったことを証明している。つまり、尖塔に入った人物はアーチを渡るルートを選んだのです。これは、死体発見後に見つけた、邸内へ戻る足跡からも裏付けられます」

「アーチを渡って尖塔へ入った人物が、わたしたちの他に最低一人はいたってことよね？」

「はい、わたしはその人が悲鳴を上げたと考えています」

「よくわからなくなってきた」

　わたしは頭を抱えた。

「単純です、とても」

「だって、その人は被害者じゃないんでしょう？　どうして悲鳴を上げたの？　もしかして、被害関係が逆なのかな？　もともと、その人が襲われて、それで悲鳴を上げて反撃して、相手が落ちちゃったとか」

「格闘の跡はなかった。だから、その考えは間違っています」

「うーん、じゃあどういうこと？」

「犯人が悲鳴を上げる。それから被害者が落とされる。これが、合理性のある回答です」

「犯人が？」

わたしは首を傾げた。

「そう、犯人が悲鳴を上げたのだとしたら、時間差の問題は解決されます」

「なんで犯人は悲鳴なんてあげたの？　そんなことしたら――」

わたしはそこまで云って、ハッと気がついた。

「――そうか、だから犯人は……」

「悲鳴を上げれば、誰かが気がついて駆けつけてくる」

「誰かを招き寄せるために？　いえ、そうじゃないわね――」

「わたしたちに目撃させるために声を上げた。被害者の落下も含めて、尖塔の頂上に注目を集めてから実行した」

「いったいどうしてそんなこと……」

常軌を逸していると云わずにはいられない。

「最初の主寝室の件と、ネネさんの言動からして、ロイーダ家の人たちは、わたしたち二人に、何かを見せたいのだとわかる」

「何を？　何のために？」

「それが、ネネさんの云う真実ということなのでしょう」

　シズカは暖炉の傍を離れて窓際に立ち、

「この部屋にわたしたちが滞在することも考慮の上です。ここで、悲鳴を聞いて注目させられた。犯人は尖塔でこちらをうかがっていて、わたしとリサがアーチを経由して尖塔の下へ行ったことを盗み見てから、邸内へ戻った」

「ネネがやってるってことなのかな」

「いいえ、尖塔へ行き、わたしたちをやり過ごしていたのなら、玄関からネネさんが姿を見せるはずがありません。時間的に不可能で、彼女には不在証明が成立します」

「もしかして、わたしたちを殺人犯にしようとしてるとか」

「違います。ネネさんは、第三者的な立場のわたしたちの協力を得たいようでした。だから、わたしたちを陥れるための計画ではないのです」

「よくわからない。こんなものに関わらせて、いったいどんなメリットがロイーダ家にはあるんだろ」

「相変わらず、それが最大の謎です」

シズカは、窓辺から離れて椅子に座って伸びをした。

「眠れそうもありませんが、休んでおくべきかもしれません。とりあえず、ネネさんの言葉を信じるなら、身の危険はないようですし」

「シズカはどうするつもりなの？」

「そうですね――」

さすがに疲れてきたのか、シズカは声のトーンを落として、

「――相手の意図がわからないうちに結論は出せません。聞いていたような仕事ではありませんから、契約は不履行と云うことで、逃げ出しても構わないのですが」

ちらりと、また窓の外へ視線を向ける。

「この吹雪、これではどこかへ逃げるってわけにもいかないでしょう。数日はロイーダ家に閉じ込められるかもしれない。だから覚悟はしておいたほうがいいですね」

わたしはシズカが見ている方、窓の外へ視線を向けた。

それはちょうど尖塔のある方向で、白い嵐と闇の中で、ぼんやりと鋭角な影を形作っていた。

訪問者 ——リサ

ロイーダ家には小さいが完備された浴室があって、わたしはそこで汗をかいていた。トルコではハマムというらしい。あるいは北欧風ならサウナか。ルーマニアは様々な外国文化の流入がある。これもその賜物で、なかなか趣深い。

室内に充満した湯気のおかげで、身体がよく火照っていた。北マラムレシュまでの馬車での長旅の疲れと、寒さで強張った体がほぐれる。手足に血流が通うのが心地よかった。

「真実、か」

浴室内は暑いので、どうしても思考は停滞気味になる。そろそろ出るべきかもしれない。

冷水をかぶって汗を流してから、脱衣所に出て身体を拭いた。

浴室は邸の一階の奥にある。わたしが滞在している客室のすぐ近くだ。だから、さほど臆することなくそこを利用しようと思ったわけだ。

廊下に出て、客室へ引き返す。汗をかいているせいで、首筋を撫でる空気がひんやりと心地よい。

客室に戻って暖炉の前に椅子を持ってきて座る。暖炉の火は小さくなっていて、火照った体が急速に冷えないようにする良い塩梅だった。

これからどうすべきか考えをまとめようとしたが頭が働かない。疲れている証拠だ。わたしは寝台の方を見た。そこに横たわって朝までの少しの時間を休息にあてたほうがよさそうだ。

立ち上がって、寝台へ向かおうとしたとき、廊下側の扉を叩く音がした。

「誰ですか？」

警戒しつつ声をかける。

こんな夜更けだ。しかも、邸内で奇妙な出来事が連続した後で、どんなに警戒しすぎてもしすぎと云うことはない。

もしも、非常の場合は大声を上げるつもりでいる。隣室にはシズカもいるし、いくらなんでも騒ぎを起こしてまで強硬手段に訴えては来ないだろう。

「……イオン・ロイーダです」

廊下側から、抑えた声で返答があった。

――イオン・ロイーダ？

ロイーダ家の次男で、カトレアの陰に隠れていた若い男だ。何の用だろう？

「どんなご用件ですか？」

わたしは決して警戒を解かなかった。扉を開けることはしない。客室の鍵はかんぬき式で、室内側からしか開けることはできない。この邸宅内には、かんぬき式の鍵が多い。ひとつのマスターキーで全ての鍵を開けられないように、プライバシーに配慮してあるのだろう。今はそれが役立った。

事件のことを抜きにしても、深夜に若い男が訊ねてきて、軽々しく扉を開けてしまうほど無防備ではない。相手の出方をじゅうぶんに吟味する。

「……お話があります」

「こんな時間に、どんなお話ですか？」

扉越しに聞くと、相手は云い淀んで、

「ここではちょっと」

「ここで云えないようなお話なら、聞くつもりはありません。また時間をあらためて来てください」

「姉さんの――ネネのことです」

「ネネの？」

わたしは扉のかんぬきを外した。最初は少しだけ開けて警告だけはする。

「隣室にシズカもいます。何かあれば大きな声を出しますよ」

「わかっています。すみません」

イオンの態度はしおらしかった。

彼がもし、ネネのことを姉だと口走らなかったら、わたしは扉を開けていなかっただろう。何か切実なものを抱えているのはわかった。

今、細く開かれた扉の隙間から、うつむき加減になって招き入れられるのを待つ姿は、どことなくエマを思い出させる。ロイーダ家の血だろうか。腹違いだということを考慮すれば、彼も弟だ。妹を連想するのは当然かもしれなかった。

「入ってください」

わたしは扉を開けた。彼は安堵した様子で室内へ入る。

最低限の用心として、扉の傍に立ったままで話を聞くことにした。わたしの様子で察して、彼は暖炉の傍に距離を開けて立った。

暖炉の炎で照らされるさまをよく見ると、イオン・ロイーダはまだ少年の気配が抜けきっていない。背はわたしよりも少し高い程度で、成長期の不均衡な細さが、男性的な気配を遠いものにしていた。

顔も頰のあたりが丸みを帯びている。整った顔立ちなので、笑顔を見せればかなり魅力的に見えるだろう。子供っぽくはあるけれど。

「それで、話って?」

わたしは、わざとぶっきらぼうに聞いた。少しでも威圧感を与えるためだったけれど、相手は別の感慨を抱いたようだ。

「本当に、話し方まで姉さんにそっくりだ」

「ネネってもっと丁寧に話すでしょ」

「それは対外的な時だけで、なんていうか、外面(そとづら)がいいっていうか」

「ネネに云うよ?」

わたしが目を細めると、イオンは動揺して、

「勘弁してください」

「……話っていうのは、わたしとネネが似てるってことを云いたかっただけなの?」

「いえ、違います。あなたがあんまりにも似ているので、つい話がそれてしまいました。すみません」

イオンは素直に謝る。良いところのお坊ちゃんらしく、裏表のない性格らしい。

興味深かったのは、どうやらロイーダ家の人たちからしても、わたしとネネの容姿の

酷似は注目すべき事実というところだ。彼らの態度は、まったく驚いていない様子に見えたので不思議だったのだけれど。

そのあたりの情報を得るためにもいい機会かもしれない。

「あなたたちは、わたしの顔を見ても驚かなかったし、特にネネとの関係を気にするふうでもなかったじゃない。ロイーダ家との血縁もね」

「そのあたりは、姉さんからなんとなく聞かされていたというのもありますし、ロイーダ家の宿業とも関係があります」

「ロイーダ家の宿業？」

「あの、云いにくいんですが、近親での婚姻がある家系だというのは……？」

「知ってる。ネネから聞いた」

「では、おわかりでしょう。実を云うと、姉さんに似ている顔というのは、近親者で珍しくないんです。いえ、正確にはあなたほど似ている人は珍しいんですが、驚くというほどでもない。姉さんが普段は仮面をつけて顔を隠しているのも、顔にロイーダ家の特徴が強く顕れているからです。それが母さんとの確執の原因でもあるんですが……」

「わたしがロイーダを出奔した血縁者だってこと、皆が承知して招いたってことね」

「はい。看護婦がそういう人だというのは聞いていました。それなら適任者だと、皆が姉さんの人選に納得したんです」

考えてみれば当然の話だ。ネネは家長ではないのだから、彼女の独断で雇うというわけにもいかないだろう。

オイゲンにとっても珍しくないロイーダの落とし子で、一見して自分の子だと疑わなかったのだろう。

しかし、不思議ではあった。特に彼の云う適任者だという認識が。

「……話と云うのは、他でもありません。姉さんが今回のことについて協力を求めたでしょう？　あなたはそれに応えた。その見返りが何であったのか知りたいのです」

「……ネネに直接聞けばいいことじゃないの？」

わたしは、イオンの意図を勘ぐった。いったい、それを聞いて彼はどうするつもりだろう。

「姉さんは話してくれませんよ。僕を子ども扱いしてるから——」

「わかる気がする」

わたしがそう云うと、イオンは少しむっとした。

「とにかく、教えてください」

「イオン、容姿が似ていても、わたしはネネじゃないのよ。だから、あなたに無私で協力するなんてことはしない」

わたしが突き放すと、イオンは少し考えて、

「わかりました。何がお望みでしょうか？」

「あなたがなぜそんなことを知りたいと思うか、その理由を話して」

わたしが即答すると、イオンは複雑な顔をして視線をそらせた。

「いいでしょう。僕は、あなたがロイーダ家に復帰することを望んで、姉さんが立場を悪くするのが耐えられないんです」

「……なぜ、ネネがあなたによく説明しなかったのかわかる気がする」

ネネは、意図してわたしが妹を救うためにこの家に来たのだということを伏せたに違いなかった。

「どういう意味でしょうか？」

「あなたはわたしがロイーダ家の財産目当てか何かで、ネネがそれを容認して連れてきたんじゃないかって考えたんでしょう？」

「あなたは、出奔したエレナ・カタリンの娘だ。ネネの母親のマリアとエレナは姉妹で、あなたには愛妾の子として、請求できる権利が存在する」

「いかにもって感じね。何もわかってない――」

わたしは嘆息して、

「――下心があるってわかったら、あなたのお母さんはわたしを家に入れたりしない。

ネネはそれをわかっていて、具体的な取引材料はないってことにしてるのよ」

「でも、姉さんに見返りを求めたんでしょう？」

「ロイーダ家ではなく、ネネにね」

今のところ、それは嘘ではなかった。

イオンは押し黙っていたが、切実な顔をして、

「僕は将来、姉さんを妻にするかもしれない」

イオンの言葉に、さすがに絶句する。

「信じられないでしょう？　でも、血を濃くすることが一族の繁栄だと考えるのは、何も珍しいことじゃないんです。やんごとなき家系には、むしろ当たり前だ。異なる血との交わりを否定するのは、保守的ですが」

「あなた、それでいいの？」

思わず聞いていた。

「……僕は、姉さんで構わない」

暖炉の炎が瞳に映っていた。

――ネネ……。

『ここにいれば、いずれ誰かとの結婚を強制される。オイゲンに近い血筋の者、同じように近親で交わって血を濃くした者同士が交わる。そうやってできた子に、さらに同じ

行為をさせなければならない』

彼女は知っていた。腹違いの弟といつか結婚を強制されるということを。

今のルーマニアは自由恋愛などない社会。一族の意向であればそれに逆らうのは困難だろう。ネネが、自由を、外国へ行くことを夢見る動機だ。

「……でも、姉さんがどう思っているかは別の話です」

「そうね」

ちょっとだけ安堵する。これで、弟君が強引にでも姉をものにしようとする異常者だったら、ネネが救われない。

「姉さんには想い人がいたんです」

イオンの言葉に、はっと過去の情景が思い出された。

首都攻防戦の最中、あの地下墓地で亡くなった無名兵士のことだ。

「遠縁の血筋の人で、少し血筋が遠いこともあるのですが、結ばれるはずもない相手でした」

そう自嘲気味に笑う。

——これはだいぶ重症だ。

「そして転機が訪れました。二年前です。大帝国との戦争を前にして、政府が徴集兵として若者を集めました。あの人は戦争に行った。ドイツに攻め入られた首都攻防戦の最中、行方不明になって――」

　イオンは表情を険しくして、

「――姉さんは今でも心残りがあるんでしょう。でも、いずれ時が経てば、僕との結婚を受け入れてくれるはずです。想い人とは結ばれることはないって」

　時間はあると、そう云う。

　わたしは、ポケットに忍ばせていた銀の指輪をそっと握った。これをネネに返すべきかどうか迷っていた。ネネのことを疑って、機会を逸してしまっていたけれど、それはもしかしたら正解かもしれなかった。

　彼女があきらめて、腹違いの弟と結婚することを了承してしまうのだと考えれば……。

　寒々しい冬の嵐、風雪の荒れる音に混じって、聴覚を失ったはずの右耳から二年前の首都攻防戦で聞いた聲(こえ)が蘇る。

『……この戦火は、しかし好機かもしれません。ロイーダ家に縛られ、あなたは苦労してこられた。そこから逃れる、またとない機会だ。あなたが何よりも望んだ自由が手に入るのです』

「リサさん？」

　イオンが怪訝な顔をしている。わたしは頭を振った。耳鳴りとともに死者の聲は止んだ。

「あなたは、ネネがそれで幸せになれるって思ってる？　血筋に囚われるのは、彼女がなによりも嫌っていることでしょう」

「ええ、わかっていますよ——」

イオンの言葉の途中で、わたしは死者の聲を遠ざけるため首をかしげて廊下側に左耳を向けていた。だから、かすかにはっと息を吞む何者かの気配に気がついた。

部屋に入れたイオンを警戒して、すぐ逃げ出せるように扉は細く開けていた。だから、そこに立った人物に会話は丸聞こえだったはずだ。

「——でも、姉さんが好きなんだ。僕だけのものにしたい」

細く開いた扉が、完全に開け放たれた。そこに立っていたのは——

——ネネ。

仮面の想い人　――リサ

開け放たれた扉の向こうにネネを見て、イオンは驚愕で目を見開いた。きっと直接的に想いを口にしたのは初めてだったのだろう。彼は羞恥で顔を赤く染めてうつむいた。

「イオン」

ネネの声は、北マラムレシュの冬より冷厳だ。

「姉さん、これは」

「イオン、黙ってここを出て、自分の部屋に戻りなさい」

ネネは廊下の向こう、灯りの点いていない闇を指した。イオンはうなだれて、わたしのほうも見ることができずに、すごすごと廊下に出ていった。

ネネは腰に手を当てて、イオンの去ったほうを睨んでいた。それからわたしを見て、部屋に入って扉をしっかりと閉めた。かんぬきもかける。扉の向こうをうかがって、立ち聞きの可能性を警戒してから、窓際に向かって歩いた。

「いつから聞いていたの？」

わたしが聞くと、彼女は即答で、

「最初から」

「どうして？」

「イオンが部屋を出てどこかへいくのを見かけたから、後をつけたのよ」

「あらまあ」

弟君は、姉の首尾に太刀打ちできない運命らしかった。

ネネは被っていた仮面を外して、机の上にそれを置いた。乱れた前髪が瞳のあたりにまでかかって、不可思議な雰囲気をかもし出していたけれど、先ほどの声の印象よりも怒っているふうではなかった。

「ねえ、リサ、とんでもなく腹立たしい時って、どうすればいいのかしら？」

いや、そうとうに怒っている。

「豚を投げるとすっきりするよ」

「豚を投げる？　楽しそうだけど豚はいないわね」

自嘲するように嗤って、

「ありがとう、冗談でちょっと気が楽になった」

「うん」

わたしがうなずくと、ネネはくすりと笑ってから、椅子に座ってこめかみのあたりを指で揉んだ。長く患った頭痛の話をするように、

「幻滅した？」

「ぜんぜんそんなことない」

「近親で婚姻をするのはロイーダ家の内部事情だけれど、それを抜きにしてもイオンは特殊でね――」

ネネは嘆息して、

「――慕ってくれるのはいいんだけど、腹違いの可愛い弟ってだけの立場が不満みたい。それもあって、わたしは首都の学校へいくことを決めたんだけど」

「自由を得たい、か。ネネの気持ちよくわかった」

「ばかばかしい身の上話を吹き込んじゃったわね」

「同情させたくて、最後まで聞かせたんでしょう？」

わたしが指摘すると、ネネはふっと笑って視線を下げた。

「……ええ、そう。そのつもりだったけど、さすがに耐えきれなかった」

「一応聞いておきたいんだけど、イオンのことどう思ってるの？」

わたしが聞くと、ネネは表情を変えずに、

「腹違いの弟、それだけよ」

「そうよねえ」

わたしはうなずいて、彼女の対面に椅子を持ってきて腰かけた。暖炉の火がぱちぱちと爆ぜて鳴っている。右耳の聲は止んでいる。ポケットの中の指輪は冷たい。

「カトレアが甘やかしたせいもあるけど、あの子は、自分を甘えさせてくれる対象が、自分を無条件に好いてくれると勘違いしてるふしがある。だから、わたしのこと、守ろうとして、あなたのところに押しかけてきたりしたんでしょう――ごめんなさい」

「気にしなくていい。それより、ネネと同じ顔なのに、わたしにはぜんぜん興味なさそうだったのが意外だった。……いや、驚いていないって意味だけど」

「あの子も云ってたけど、ロイーダ家では血筋の特徴が出た顔はめずらしくない。リサのこともわけあり、ぐらいにしか見えていないんだわ」

「なるほどねえ」

わたしは椅子の背もたれに寄りかかって、

「純粋に、わたしの興味の話をしてもいい？」

「迷惑をかけたのだから、構わないわ」

ネネはうなずく。彼女がわたしをどういうふうにとらえているのか、よくわからなくなる。他人行儀で冷たい印象のときと、温かく優し気で、弟との関係に悩む姉の顔とが極端な二面性としてあらわれるものだから。

「イオンとの結婚を強制されたら、受け入れるの？」

「そうされたら、わたしはこの国を否定する」

ネネの口調は断固としていた。

「今、そうしない理由は何？　わたしを協力させて、自由を手に入れようとするのは、その決意とは別の理由なの？」

「リサ、あのね、わたしは確かにロイーダ家の血筋を良く思ってはいない。でも、それは家族を大切に想うこととはまったく別のことよ。カトレアにはずいぶん冷遇されたし、彼女をよく思っているわけじゃない。──それでも、それでも、家族がどうなってもいいと考えているわけじゃないわ。わたしがロイーダ家を離れても、別の形で安寧が続いて欲しい。だからこそ、どんなに汚れ、傷ついても、しなければならないことはある」

ネネは瞑目して、

「戦争はあなたも経験したでしょう？」

「ええ、二年前わたしも首都にいたからね」

「わたしはもう、誰にもあんな目に遭って欲しくはないのよ」

再び仮面の悪夢　――リサ

　ロイーダ家の血筋は、どこまでいってもネネの影になってつきまとうが、彼女自身はそれを憎み切れていないらしかった。吹雪の晩に偶発的に行われたわたしたちの会話は、姉妹のように親密でいて、妙によそよそしかった。

　ネネが自室へ引き上げると、わたしはぐったりと椅子にもたれてそのことを考え続けていた。彼女は弟との結婚の強制についてかなり反発していたし、その意味では弟に手厳しかったけれど――

　――戦争か。

　わたしはポケットから銀の指輪を取り出して見つめた。

　これはやはり返すべきだろうか。

そう考えた矢先、扉を密やかに叩く音がした。

「どなた？」

わたしは扉に向かって声をかけながら、かんぬきがしっかりと落ちているのを確認した。

「わたしです」

廊下側から声がした。

かんぬきを外して、椅子に戻った。

「開いてるよ」

「誰か来ていたのでしょう？」

シズカは、扉を開けるとさっと閉めてそのまま暖炉の方へ向かった。寒さはあまり得意ではないらしい。

「もったいぶった云い方しなくていいよ、聞いてたんでしょう？」

「気になりましたから」

シズカは率直に認めた。

隣室がだいぶ静かなのは気がついていた。シズカがさっさと眠ってしまったなどとは考えなかった。イオンがわたしの部屋の扉をノックした時点で、隣室から聞き耳をたてていたのだろう。そうでなければ、ネネが帰った後に、こうもタイミングよくあらわれるはずがなかった。

「ネネのこと、どう思った？」

「今夜の出来事の心理的な動機が垣間見えた気がしました。イオンというあの弟さんの話からも」

「それでも、やっぱりネネには協力できない？」

「同情すべきですし、わたしも共感できるところがありますが、それとこれとはまた別の問題。特に、今夜の出来事は事件性が強すぎます」

「うん、まあそれはそう」

相変わらず、シズカの態度はドライなもので、不明瞭なところを情緒的に推し量ろうとはしない。それが信頼感に繋がっているのだけれど。

「ねえ、シズカ、わたしの話も聞いてもらっていい？」

妹のこと、シズカには話しておくべきかもしれない。そんな気がした。

「なんです？」

シズカが振り向いた。

廊下から、喧騒が聞こえたのはその時だった。

シズカが扉を開けて飛び出した。わたしも後に続く。廊下を走って玄関ホールにたどり着く。吹き抜けの二階で声を上げていたのはネネだった。

「ネネ?」

わたしの問いかけに答えず、ネネは二階廊下の奥へ姿を消してしまう。

「何かあったみたいです」

シズカはそう云って階段を上がり始めた。

階段を上がって二階へ出ると、廊下の途中にある小さな扉にネネが姿を消すところだった。

「何事ですか?」

夜着に上着を羽織った姿で、カトレアが姿を見せた。シズカは、

「わかりません、何事かあったようなのですが」

「城壁への扉が開いていますね、いったい誰が」

カトレアは、ネネが入って行った扉に注目していた。

「ネネさんです。彼女がそこへ入って行きました。城壁とはなんです?」

「邸宅の周囲を囲む壁です。かつては城塞の守りだったので、物見と攻撃のために中へ入れるようになっているのですよ。今ではもう使われていませんが」

「そんな場所にどうして? ――いえ、とにかく見てきます」

シズカは時間が惜しいと判断したらしく、カトレアとの問答を切り上げて、ネネが入って行った扉の奥をのぞいた。わたしも続いたが、狭くて古い石造りの通路がずっと続いている。灯りなどもないから暗くてほとんど視界がきかなかった。

「だめ、灯りが必要です」

シズカは首を振って引き返した。カトレアが廊下で待っていて、手に持ったランプを差し出した。

「これをお使いなさい」

「ありがとうございます」

シズカは受け取って、それを持ってまた狭い通路に入った。彼女を先頭にしてわたしも後に続いた。

「だいぶ、用意がいいですね」

シズカがつぶやく。

「まあね。それよりも、ネネったらどうしたのかな」

「誰かと問答してるみたいでした」

狭い通路は唐突にどんづまりになる。そこに小さな階段があって、上へとつづいていた。階上はほのかに明るい。

「さっきの尖塔みたいだけど、ここは壁の中だから狭い」

「それに、ずいぶん使われてないから埃っぽいですね」

足元に注意して上がると、狭い踊り場のような場所に出た。さらに上へと階段は続いている。外に向かって銃眼――城塞などで内部から弓や銃で狙うための小さな窓だ――が開いていて、雪が入り込んでいた。

わたしは、その開口部から外を見た。

雪が舞う中、眼下に黒々とした闇が広がっている。ロイーダ家はかつての城塞らしく高台にあって、下を見れば足がすくむほどだ。今は夜だから、いっそう底のない闇を見せられるようなもので、恐怖を感じた。

「上ですね」

シズカはさらに上がり出した。

そうして階段を上がっていると、途中でネネの叫びに似た声が響いた。

「お願い、やめてイオン」

「こないでくれ、姉さん」

お互いがお互いを制止しようとするそのやり取りで、すぐに事態が察せられた。

「云い争ってるのは、ネネさんと弟さんのようです」

「ちょっと放っておけない感じだね」

わたしは銃眼の外に視線を向けた。相変わらず、雪が舞い散っている。十字型に開いた窓は、鉄の弦でもって弓を引く強力なクロスボウを使っていた時代の名残だ。後世に宗教的な装飾の意味を見出して、城塞などに使われるようになった。

すさまじい悲鳴が響いた。

あまりのことに、わたしとシズカは動きを止める。

そこで見てしまった。

手に持った灯りに照らされ、銃眼の向こう、真っ逆さまに落下していく人を。

その人物は仮面を被っていた。

あわてて銃眼から下を見る。小さくなった人影は一度激しく城壁面にぶつかってから、闇に呑まれるようにして消えた。

「見ましたか？」

シズカは表情を険しくした。気温が低いので息が凍る。舌がうまく回らないのはそのせいに違いない。わたしはうなずくので精いっぱいだった。

「仮面を被っていた。これまでの二人と同じように」

シズカは階段の上を見た。

「行きましょう」

「でも――」

わたしは人影が落ちた先を気にした。かなりの高さでもう助かるはずもないが。

「もう助けられませんし、下へ行く手段もない。上に行って何があったのか確かめるのが先決ですよ」

「わかった」

わたしたちはまた黙々と階段を上がった。

城壁は階層になっているらしく、いくつかの踊り場があって、そこからさらに階段を上がるという手順を繰り返した。

そして、階上につくと、猛烈な風になぶられる。吹雪がいっそう激しくなっていた。遮るもののない場所で、思わず身を縮こまらせる。

「ネネさん」

シズカが、いち早く城壁の手すりの傍に立つ人影を見つけた。

そこにいたのはネネだけだった。

風が彼女の髪を乱している。

わたしは不安に駆られた。

ネネがそこから飛び降りてしまうんじゃないかという、想像をしてしまった。事実、彼女は手すりに向かって一歩踏み出した。

「ネネさん」

シズカが切り裂くように声を上げた。

そこでネネは動きを止めて振り返った。

仮面が涙と氷できらめいた。

「……シズカさん」

「ネネさん、いったい何があったのです？」

シズカが聞くと、ネネは視線を再び下方へ向けて、

「イオンが落ちました」

「イオンさんが？」

シズカは、風を警戒しながら慎重に手すりの傍までいった。わたしも続いて、そこから下を見る。もちろん、深い闇があるだけで落ちたイオンの姿を確認することはできなかった。

「ここから落ちたら助からないでしょう」

「ええ。城壁だけでもかなりの高さがありますし、この邸宅が立っている場所自体が切り立った高台です。無事でいるはずもありません……」

ネネは顔を覆って、

「どうして」

「イオンさんはどうして落ちたんですか？」

シズカは素早く周囲を確認していた。わたしも雪が積もる前に、乱れた箇所を記憶に留めておこうと努める。

城壁の階段口から、縁の手すりまで足跡がついている。それは単独で手すりのところまで歩いて、そのまま引き返すことなく崖の下へ消えている。その少し離れた場所に、もうひとつの足跡があって、こちらがネネのつけたものだ。

「先ほど、リサの部屋でちょっとした騒動があったんです。イオンはそれを気にして、わたしに嫌われたと勘違いしたんです。それで——」

「耐えきれずに自ら身を投げたと？」

シズカは含むようにして、

「信じられない」

「でも、事実です。弟は身を投げた」

ネネは手すりのところぎりぎりに立って、

「身を投げたんです」

そう吐き出すように云った。

わたしは彼女が妙な考えを実行しないように、腕をつかんで引き留めた。

「わかりました。とにかく、ここは風が強くて危ない。邸のほうへ戻りましょう」

シズカがそうとりなして、三人で階段のところまで引き返した。

「いつまで、こんなことを――」

ネネは振り返って、雪が激しく舞う闇を見る。

雪の上に残された足跡は、ネネの潔白を示していた。イオンの足跡とネネの足跡は離れている。二人の間に激しいやり取りがあり、距離を詰められなかった証拠だ。少なくとも、ネネはイオンの身体には触れていないのだ。

念のため、もう少し慎重に考えてみよう。わたしの部屋から出たネネが城壁に行って、何らかの足跡の工作をして、それから戻って騒動を装ったというのは成立するだろうか。それは時間的に無理だ。城壁を上がるのに結構な時間を使ってしまう。往復するとすれば体力的にもかなり厳しいだろう。わたしとシズカが落下するイオンを目撃して上に上がるまでの間に、何らかの工作をしたと考えるのはもっと無理がある。

やはりネネは潔白だ。

だが、彼女は何かを欺（あざむ）こうとしている。

何を欺こうとしているのか、それはわからない。けれど、その時に見せた涙は真実だった。

少なくとも、わたしにはそう信じられた。

明け方まではまだ遠く　——リサ

　ロイーダ家を囲む城壁からイオンが落下して、わたしたちは邸宅の方へと引き返した。シズカは思索にとらわれていたし、ネネはすっかり消沈して口をきこうともしなかった。長い階段を下りて邸宅に入ると思わず安堵した。

「ネネ」

　カトレアが廊下に立って待っていた。先ほどは夜着だったが、今は普段着に着替えている。化粧けは無くて、邸内が暗いせいか老けて見えた。

「どうしたのです?」

　そう聞かれて、ネネはようやく重い口を開いた。

「イオンが落ちました」

「そうですか」

カトレアの受け止め方は冷静だった。少し疲れたふうではあったが、全く取り乱すような様子もない。

「あなたは部屋に戻っていなさい。シズカさん、リサさん、少し時間をいただいてもよろしいですか？」

カトレアはそう云ってこちらを見る。

「わかりました」

シズカは即答して、わたしの方を見た。わたしもうなずく。

「では、こちらへ」

カトレアは廊下の奥にある部屋のひとつにわたしたちを招き入れた。室内はちょっと独特な香水の匂いが漂っている。内装は派手目で、カーテンや敷物に濃紫が多用されているのは部屋主の趣味だろうか。

おそらくはカトレアの自室なのだと見当をつけた。

――自分の部屋に招き入れて、いったい何の話かしら。

ロイーダ家の女主とも云うべき人物の意図は知れない。窓際に卓と椅子が三つ置かれている。彼女は、わたしたちに席に座るように勧めて、自分でポットからお茶を淹れた。

「使用人たちを休暇で出してしまっているので、何をするにしても不便で仕方ないわ」

カップに入ったお茶をわたしたちの前に置いて、

「それもあと少しの辛抱ですけれどね」

「お構いなく、奥様――」

シズカは、お茶に口をつけてから、

「――それよりも、どういった用件で、わたしたちを呼んだのですか？」

「今夜のこと、さぞかしあなたたちは驚いたでしょうね」

「ええ、とても」

シズカは、相手の出方をうかがうように目を光らせた。

「あなたたちにお話ししておきたいのは他でもありません。今夜の件で協力をお願いしたいのです。すでにシズカさんにはお願いしていますし、ネネから同じように要請されているはずですが」

「一応、お話は伺いましたが、もう少し具体的にお願いします。協力、とは具体的に何を望んでいるのですか？」

シズカが聞くと、

「今夜のこと、見たままに受け止めていただきたいのです。穏当に」

「穏当？」

シズカは棘のある口調で、

「犯罪かもしれないことを穏当に収めたいとおっしゃるのですか？」

「……シズカさん、あなたは日本人だとうかがいました」

カトレアは、全く動揺していなかった。シズカは首をかしげ、

「ええ、そうです」

「わたしは、若い頃に日本人と話す機会がありました。欧州を旅している芸人でしたが、非常に義理堅くて温和な人柄でした。この地で日本人はあまり知られていなかったので、東の端に在る国の人たちは立派だと感心したものです」

「では、日本人が不正義に同意すると思わないでください」

「そうではないのです」

カトレアは云い募る。

「あなたが考えるようなことを要請しているわけではありません」

「いったいどういうわけです？」

「ロイーダ家が望むのは、ありのままの事実です」

「あなたもネネさんも、曖昧なものいいばかりで、納得できませんね」

「では、あらためて具体的に要求しますが――」

カトレアは、眦（まなじり）を鋭くして、

「――夫は病死したのだと。二人の息子は事故死なのだと、そのようにしていただきた

いのです」

「もしそれに同意しなかったらどうなりますか？」

「あなたは解雇され、ロイーダ家とは無縁となります」

「わたしが警察に駆けこんで、あれは殺人だったと主張したらどうします？」

「あなたはそうしません。ネネが云っていましたよ、あなたという人は、物証もなく疑惑を喧伝するような人ではないと」

「……たしかに、疑わしいというだけでそんなことを他言はしません。ただ、警察に捜査をするように主張はするかもしれない」

「あなたは外国人です。ここは保守的な土地柄です。戦争があって、外国人の流入を皆がよく思っていません。どこまで警察はあなたを信じるでしょうか？」

「すべて計算ずくですか」

「そのとおりです。あなたが協力を拒んでロイーダ家を出ても、さほどの影響があるわけではありません。リサさんは協力を約束してくれているようですし」

カトレアは、今度はわたしに視線を向ける。シズカのこちらを見る目が厳しくなる。

わたしは、

「……それはネネとの間で交わされたものです」

「ええ、わかっていますよ。ネネがうまくやってくれたのでしょう。わたしはそのことについて、細かい条件をとやかくいうつもりはありません」

「ひとつ、聞いてもいいですか？」

「なんです？」

「ネネのこと信頼しているんですね。継母のあなたは、前妻の子であるネネのことをだいぶ冷遇したって聞いていますけど」

わたしは胸の内に生じた疑問を口にした。

「……ええ、冷たく接しました。あの子はロイーダの血が濃くあらわれていて、顔の特徴にもそれが出ていました。あなたのようにね」

「やはり、知っていたんですね」

「もちろん、一見して分かりますし、ネネからも聞いています。わたしは後妻として、ロイーダ家を自らの子たちに継がせたいと考えましたが、それにはネネの存在が邪魔でした。あの子が婿をとって、それをロイーダ家の正統な継承者だと主張することもできるのですからね。ただ、あの子はそれを望まないようでした」

「ネネが望んでいるのは自由です」

「わたしがそう仕向けたのですよ」

カトレアの顔に、女の魔性が見えた。

「力ずくで追い出すというわけにはいきませんからね。あれでも、前妻の子で、正統を主張できる立場です。ですから、あの子がロイーダ家を自分の意思で出るように、かつロイーダ家を決して憎まないように仕向けた。イオンとの婚姻もそのひとつです」

「たいしたお人です」

シズカが鋭い視線を向けるが、カトレアは受け流して、

「ネネは優しい子ですが、さすがに弟との婚姻など受け入れられるはずもありません」

「穏当に追い出すための策だったわけですか」

「それでいて、惜しいとも思いました。あの子の血はロイーダの結晶。望んだように濃くて、悲願に近づくには必要だった。叶わないとは知りながら、イオンとの婚姻が成ればそれも良いとは思っていましたよ。もっとも――」

カトレアは嗤って、

「――子を産めば用済みになるでしょうが」

「あなたは歪んでいますね」

シズカがそう云って立ち上がった。

「協力はできません」

「わたしも――」

そう続こうとしたが、カトレアの妙に余裕のある態度が引っ掛かった。彼女のように経験を積んだ女性が、こうも簡単に本性をさらけだしているのも解せない。わたしは、

「……ネネは云ってました。『ロイーダ家を離れても、別の形で安寧が続いて欲しい。だからこそ、どんなに汚れ、傷ついても、しなければならないことはある』って。そんなふうに考える人のことを、あなたは本当に邪魔だと思っているんですか？」

「あの子が十二歳の時に、仮面をつけて素顔を隠すように強いたのはわたしです。そのときに、あの子には云って聞かせました。わたしは継母であり、あなたは前妻の子であると。立場の違いがいずれお互いを対立させるなら、最初から愛などないほうがいい。わたしもあの子も、覚悟を持ってロイーダ家の一員であることを宿命づけたのです」

少し手元が震えていた。瞳の奥に哀切の翳(かげ)りがある。毅然としているけれど、この人も何かと戦っている。

カトレアは、

「ネネは、覚悟をしています」

「どういうことですか」

わたしはカトレアに迫った。

「それだけ、今回のことは重要なのです。ロイーダ家にとっても、ネネにとってもね。あの子は、決して失敗を受け入れられないでしょう。それほどまでに強く、二年前の出来事が心の傷となっているのです」

「二年前……？」

首都攻防戦の最中に出会った無名兵士のことが脳裏をよぎった。

「まずいかもしれません」

何かを察したシズカが廊下へ飛び出した。そして、すぐに戻ってくる。

「ネネさんがいません。部屋がもぬけの殻です」

「さっきちょっと様子がおかしかった」

悪い予感がする。わたしはカトレアに向かって、

「ネネはどこにいったのですか？」

「わたしにわかるわけがありません」

「でも――」

「ただし、見当は付きます。地下へ行ったのでしょう。あそこは、ロイーダ家にとって重要な場所です。今のネネにとっても」

カトレアは、奥へ行って箪笥から鍵を取り出して、

「これを持っていきなさい。玄関ホールの暖炉の傍に、隠し扉があります。ネネが心配なら、急いで行ったほうがいいでしょう」

「……どうして、ネネの身を案じるんですか？」

「同じくロイーダに縛られた、宿業のためです。わたしはね、お嬢さん方、オイゲンとは腹違いの妹にあたるのです。妾腹の子が、兄の後妻となるのは並大抵の覚悟では務ま

りませんでした。立場が違っても、わたしはネネの理解者なのです。優しすぎて、誰かを傷つけるぐらいなら自分を傷つけると気負ってしまうような子です。

あの子の本心を知ってなお、あなたたちが協力できないというならば仕方ありません。だからこそ、ネネの覚悟を知って欲しいのです」

カトレアの私室から、玄関ホールに移動した。

「今夜、ロイーダ家で起こった出来事がなんだったのかわかりはじめました」

シズカは、隠し扉を探しながらそんなふうにつぶやいた。

「いったいなんだっていうの？　わたしにはさっぱりだわ。あのカトレアがおかしな考えにとらわれていて、家族を次々に手にかけたっていうほうが、だいぶ納得できるんだけど」

「ロイーダ家の人たちは何かに囚われている。自らの身さえ危うくするほど、思いつめてしまうのはそのせいです」

「自らの身を危うくするって――」

ネネにもしものことがあったら、妹のエマの命を救う手立てを失うことになる。それはなんとしてでも避けなければならない。ネネの精神状態が不安定で、おかしな考えをおこさなければいいのだが。

「ありました。おそらくはこれです」

暖炉の脇の壁面に、ちょうど扉のような切れ込みが入っていた。よく観察しないと気がつかないほどうまく石壁に偽装されている。

「これが鍵穴でしょう」

シズカが、壁面の穴に鍵を差し込むと、それはすんなりと入った。そして、金属音がして解錠する。壁面を押すと、それは扉のように内側へ開いた。

「階段があります」

「地下へ続いているってわけね。ネネはここから下へ？」

「間違いないです。ここを見てください。古い場所らしく埃が堆積していますが、新しい足跡があります。つい今しがた通ったのです」

「行くの？」

わたしはシズカに意思確認した。彼女はランプに灯りを点して、

「もちろん、ネネさんを放っておけません」

「クビになるのに？」

「リサ、わたしはこれまでも様々な困難にさらされる人たちを見てきました。悪意や、

自らの弱さに負けて罪を犯す人たちもいました。ですが、傷つきながら立ちあがり、しっかりと前を向いて歩んでいく人もいます。わたしはその一助になりたい。ネネさんが危険な状態にあるのなら助けてみせます」

「シズカのそういうところは好感持てる」

わたしは少し考え込んだ。

彼女にならば、妹のことを話しても構わないのではないか。

イオンが落下したときの騒動で棚上げにしていたが、この機会に知っておいてもらったほうがいい。わたしは手短に彼女にそれを話した。シズカは黙って聞いてから、いくつか質問をした。それは、わたしが過去に体験した出来事であったり、ロイーダ家に来てからネネと交わした些細な会話の内容であったりした。

シズカは微笑して、

「一連の出来事で不明瞭だった部分がだいぶ判明しました。では、急いで、この埃っぽい地下を探して、ネネさんを連れ戻しましょう」

「うん」

わたしとシズカは、隠し扉から地下への階段を下りはじめた。

尖塔や城壁といった過去の歴史的遺物と同じで、この邸宅の土台になっているであろう地下もかなり昔の場所のようだった。

「上の構造物よりもずっと古いようです」

シズカは、壁や空間を支える柱に施された彫刻を見て云った。

「この建築って、ルネッサンスみたいに見える」

「東方正教会の影響がうかがえます。教会が要塞化したものだったのかもしれない。一七〇〇年頃から、東方正教会にローマ教皇の権威を認めさせるためにグレコ・カトリック化がはじまるのですが、そのあたりの影響でしょうか」

「シズカって歴史に詳しいね」

「入国する前にだいぶこの国と周辺のことについて調べました。まったくの予備知識なしというわけにもいきませんでしたから」

「ふうん、それでこの地下はなんなの？」

「さあ？　ロイーダ家にとっては重要な場所のようですが」

二人で階段を下りる。階段は途中で広い吹き抜けの空間に行き当たる。縦穴の中を螺旋状に階段が続いていた。下はかなりの深さで、ランプの灯りだけでは見通せなかった。

「すごい空間。ロイーダ家の建っていた丘の中って、空洞だったんだ」

「人力で作った空間ではありませんね。もともと、ここには縦穴の洞穴があって、それを大昔に利用したのでしょう」

広大な縦穴を下っていく。そのうちに、階段の壁面に横穴が開いているのに気がついた。わたしが屈んで入れるくらいの横穴で、十歩分くらいの長さで終わっている。

「なんだろうね、これ」

「よく見るとわかります」

シズカはランプで照らして、

「お墓です」

闇の中に浮かび上がったのは、古びた棺だった。

いくつもいくつも、横穴が開いていてそうした棺が収められている。ほとんどが石棺だったが、中には木製の棺もあって、それは長年の劣化に耐えられずに壊れてしまっていた。中の遺体も風化が激しくて、かろうじて、人骨だとわかる程度だ。

「ロイーダ家のお墓かな?」

「それにしては古すぎます。この構造物に宗教色があって、だいぶ東方正教会の影響がうかがえるのは間違いありませんが」

「こんなところに、ネネは何をしにきたんだろ」

まだ底は見えない。わたしたちはそれから黙々と階段を下った。

「何か聞こえます」

下るうちに、何か歌声のようなものが聞こえ始めていた。

細く、可憐な声だ。

「ネネさん、かもしれません」

シズカは、身を乗り出して下を覗き込んだ。穴の底は遥か下で、もちろん手すりなんて存在しないから、だいぶ危ない真似だ。わたしはもう少し慎重に下を見た。ぼんやりとだけど、何か灯りが見える。奥底に誰かいるのだ。

「この歌なんだろう？」

「ハミングみたいですね」

詩のある歌じゃなくて、メロディだけのようだ。

「……ねえ、シズカはアンデルセンの童話って知ってる？」

「いちおう知っています」

「ナイチンゲールのことは？」

「中国を舞台にした話でしたか」

「うん。わたし、アンデルセン好きだし、印象的だったから憶えてるんだけど、この歌を聞いてるとなんだか思い出しちゃって」

「小夜啼鳥が歌うのは、死神を遠ざけるため」

シズカはそうつぶやく。

日本の天皇が、中国の皇帝に送った細工物の小夜啼鳥にまつわる話だ。その見事な細工物の小夜啼鳥は美しい声で鳴いたが、いつか壊れてしまって鳴くのをやめた。皇帝は深く絶望して、重い病に罹ってしまう。死神が取り付いていたのだ。そこへ本物の小夜啼鳥がやってきて鳴くと、死神は消えてしまい、皇帝は助かる。

この話からわたしは連想した。

日本人のシズカがいるせいだろうか。

「地下墓地で、死を遠ざけるために歌う、か。いったい誰のためだろう」

「もうすぐですよ」

だいぶ長い道程であったけれど、底が見えてきた。

底には白いものが堆積している。どこからか雪が入り込んだのだろうか。

「あれは――」

シズカが目を凝らして息を呑んだ。

堆積している雪のうえに、何か妙なものが見える。手足を広げたそれは、人体のように見えた。

「――遺体」

「遺体って……」

よく見ると、倒れた人は仮面を被っている。

「まさか、主寝室から消えた遺体？」

「こういう埋葬をしているってわけではなさそうですね」

「よく見ると、手足が折れ曲がっているように見えるけど」

「意図して損壊したわけではないでしょうが、丁重に扱ったようにも見えませんね――」

いったい何のために？

どうしてこんな場所に、主寝室から消えた遺体があるのだろう。

「これは罪よ」

か細い声が響いた。

わたしたちははっとして周囲を見回した。

いつのまにか、歌声は聞こえなくなっていた。

「ロイーダ家の罪、この国の罪――」

ぼんやりとした灯りが正面にあらわれた。

遺体の前に、仮面の女性が跪（ひざまず）いていた。

「――ヒトの罪」

「ネネ、心配したのよ」

わたしは彼女に歩み寄った。ネネはほんの少しこちらを向いて、

「ごめんなさい、どうしても、ここへ来て確かめたかったから」

「ここはいったいなんなのですか？」

シズカが、周囲を見すえたまま質問する。

「ロイーダ家がかつて根城とした城塞の地下基部。それ以前は教会の地下墓地だった。あなたたちもここへ来る途中で埋葬された棺を見たでしょう？」

「ええ、見ました。でも、そこに放置されている遺体は異質ですね」

「そう。古代に埋葬された遺体の多くは、老い、あるいは病気や事故といった自然的な要因で亡くなり、永遠の眠りについた人たち」

「この遺体もそうであると、あなたは強弁するのですか？」

「……いいえ、ここに在るのは、人の手で命を絶たれた人」

「ネネ、あなた、やっぱり――」

わたしには信じられなかった。だがネネは首を振って、

「勘違いしないで。それをやったのはわたしではない」

「じゃあ、いったい誰が？」

「国家、あるいは社会が」

「国家って――」

これを国が？　ネネはいったい何を云っているんだろう。

「信じられないでしょうね。でも、本当にそうなのよ。健全な社会では、人の死は厳粛なものとして扱われる。どんな罪人であっても、その死は大抵の場合は人権の下に保護

され、厳かに送られるのが普通よ、でも、そうでない場合もある」

「そうでない場合？」

「人を殺すことが罪ではない場合よ」

「そんなことがあるわけないわ」

「いいえ、ある」

ネネは立ち上がって遺体を指した。

「わたしは見た。あなたも見たはずの地獄」

彼女の瞳には深い悲しみがある。

「戦争よ」

悼む者の景色　――ネネ

自分の気弱さが怖かった。父がいつか危惧したように、それがロイーダ家の極端な気性のあらわれではないかと怯えた。

わたしが仮面をつけているのは、ロイーダ家の血筋を隠すだけではない。そうしていれば安心できたからだ。弱い自分、もろい自分と向き合わずに済んだ。いつでも他人が望むような毅然とした態度でいられた。

それが、リサとの出会いで変わった。

わたしと違って、強気で積極的な性格だ。妹のために一生懸命で、仕事を自分の使命だと信じ切れる熱意が備わっていた。

『――わたしたちは血縁者で、帰郷は必然なのよ』

わたしは会ってみて彼女のことをだいぶ気に入っていた。今回の出来事に関わる人物として適任者であったし、何よりも人間的に好感が持てた。

わたしは、やはりどこかで支えを欲していたのかもしれない。仮面を脱いで、あるがままの自分をリサに見せる気になったのは、抱え込んだものに耐えきれなくなっていたからだ。

『寂しそうだね』

窓から差し込む陽光が、リサの髪を明るく照らしていた。微笑を含んだその顔は優しくて、わたしの本心を探り当てて、それで元気づけようとしてくれていた。

『ええ――』

涙腺が緩んだ。できればもっと早く、リサと出会っていたかった。

自由を希求しながら、わたしは家族を失うことをおそれている。この世に一人残されて、孤独に震えることに耐えられそうもない。

だから、わたしは自分にできることをやろうと考えた。

そのために、自分を偽って強くあろうとした。仮面は弱い自分を覆い隠してくれる。

親愛とともに迎え入れたリサにさえ、本心を見抜かれるわけにはいかなかった。

でも、限界なのかもしれない。

ロイーダ家の建つ丘の地下空間には、かつてのロイーダ家に連なる者たちの地下墓、無数の遺骸が散らばる荒涼とした闇がある。

その罪に、わたしは押しつぶされてしまいそうだ。

今までやってきたこと、それらを罪として受け入れて、罰を受けることを望んでいる自分がいる。弱い自分、もろい自分が、もうこれ以上は偽り切れないと叫んでいる。

リサのために、この身に流れる血を提供してあげるつもりだった。でも、ただひと時を生きることでさえ、わたしにはもう耐えられそうもない。

ごめんなさい、リサ、わたしは弱い人だから——

小夜啼鳥(ナイチンゲール)よ、鳴かないで　――リサ

遺体の前に花が手向けられている。

ネネが持ってきたのだろうか、闇の中で白い花が映えていた。

似た光景を思い出す。あれは二年前の首都攻防戦だ。同じように迷い込んだ地下墓地で、わたしはそれを妹と見た。

そして無名兵士と出会った。

『戦争』という、ネネの言葉に過去を想うのは感傷だろうか。

あるいは悔恨か。

「戦争と、この遺体との間にどういうかかわりが？」

シズカが、遺体を指す。

「……この地下空間の天井にあたる部分、地表はロイーダ家の敷地になっている。地表に開いた穴から死者を葬っていたのでしょう。過去の遺物であるそれを利用して、死者をこの地下墓地の奥底へ落とした。これは、そうした結果です」

「いったい誰が？　何のために？」

「……シズカさん、あなたは戦争を何だと考えていますか？」

ネネの瞳には深い闇がある。

「国と国との戦いです」

「そうです。国家が軍事力によって、紛争を解決する手段とする。原因は問題ではありません。そのような状態が発生し、実際として暴力に訴えることが戦争なんです」

「それが何なのでしょうか」

シズカは語気を強め、

「死体をここへ投げ捨てることと、戦争の定義に何の関係があるのでしょうか」

「人間には人権があります」

ネネは全く動じることなく続ける。

「人が人らしく振る舞い、社会がそれを認めるということです。しかし、社会が人を踏みにじり、あるべきはずの人権を無視して、暴力を容認することがあります――」

ネネは、緩く頭を振って、

「——いえ、むしろ賞賛することさえある。人が人を殺すということは、健全な社会では悪とされますが、戦争のさなかに在ってはそうではありません。敵を殺害すれば、それは名誉です。国家を守り、忠誠を示した証なのだと。勲章を胸に兵士たちは誇るでしょう。家族や愛するものたちを守った、尊いこと。でも、そうして殺した敵にも家族があって、愛する者たちがいたはずなのです——」

ネネは遺体を指し、

「——国のために戦った。個人的な恨みや憎しみではなく、国家の敵だというただそれだけで相手を撃った。戦争行為に及んだ国家は、その死を英雄的なものだと賞賛する。人間的な罪を美辞麗句で飾って誤魔化しているだけなのです」

「そういうことですか」

シズカの瞳に強い光が宿る。

「謎はすべて解けました」

シズカは毅然として話し出した。

「ロイーダ家で起こった奇怪な出来事、それは北マラムレシュに医師と看護婦が招かれたことからはじまる。病だというオイゲン・ロイーダの看護のために専属の医療関係者が雇われた。これだけなら、裕福な家の家庭内事情に過ぎなかった。

でも、わたしたちが邸宅に到着してオイゲンと対面したときから、妙なたくらみが進行していました。診療を行ったときからの違和感。病のはずのオイゲンは健康で、医師や看護婦を雇い入れる必要があるとは思えませんでした。

その直後に、悲鳴が聞こえたという理由でオイゲンの主寝室へ呼び出される。主寝室の扉には室内側からかんぬきがかかっていて、密室状態だった」

シズカは肩をすくめ、

「もちろん欺瞞です。以前に説明したとおり、かんぬきの横棒は最初から断たれていて、わたしたちは元々開いていた密室を開いたと誤認させられました。それはネネさんのやったことですが、問題は密室より、室内の状況だった。

仮面を被った死体が寝台に横たわっていた。

状況からして、顔が確認できませんが、それはオイゲン・ロイーダであると認識された。誰もが、彼を病死にしようとした。

不可解な点はいくつもありました。

まず、時間的な問題で、わたしたちと対面した後に、病状の悪化などがあって急死したのだとしても、死体が冷めているのは解せないということ。

それから、死体が鉄製の仮面を被っていたということ。

　これは一連の出来事に共通する点で、病死にしろ、事故にしろ、あるいは殺人にしても不可解で、まったく謎でした。

　また、家人の態度もおかしかった。後妻で、ロイーダ家を取り仕切るカトレア、その二人の息子、いずれもオイゲンの死に何の動揺もしていないように見えた。

　前妻の子であるネネさんも冷静でした。冷静すぎるほどに」

「突然のことでしたから」

　ネネはそう云ったが、

「いえ、仮面で顔を隠しているからわかりにくいですが、本来、あなたは優しすぎるほどの性格で、実父の死に動揺しないのはおかしい」

「そうでしょうか？」

「あなたは極めて冷静だった。わたしたちとの会話の中でも、慎重にオイゲン・ロイーダの個人的なことは伏せて話さなかった。父親への想いを知られることは、今回の出来事を進行するうえで障害になりうる。だから、無味乾燥なほど冷静に振る舞ったんでしょう？」

「どうでしょうね」

　ネネははぐらかしたが、手元が小刻みに揺れている。

「あなたとは腹違いの弟にあたる、マルコとイオンについても同じです。あなたは弟たちへの複雑な想いを抱いていたが、表に顕すことはなかった。ゆいいつ、イオンについてはリサに愚痴を云いましたが、それはハプニングのような出来事のせいだった」

「やはり聞いていたんですね」

「隣室の特権です」

シズカはそう云って、

「第二の出来事です。わたしとリサが主寝室の仮面を被った死体に疑問を抱き、その仮面を強引に脱がそうと向かった先で、死体が消えていました。

これは死体の顔を検められたくなかったために、強引に移動させたのだと考えられます。その証拠に、ネネさんはそれまでのどの場面でも冷静を装っていたにもかかわらず、動揺を見せました」

「あんなに不可解な状況なら、誰でもそうなるでしょう」

「あなたの態度でおかしかったのは憎しみを決して見せなかったというところにあります。

病死であれ、事故であれ、殺人であれ、あれが父親の死体だと主張するのであれば、その死体が消えたことに対して、かなりの憤りを抱くのが普通ではないでしょうか。それなのに、あなたが見せたのは悲痛と悲嘆だけだった。解せない心理です」

「……確かに、憎しみは抱きませんでした」

　ネネは認めた。

「第三の出来事です。わたしとリサが部屋にいたときに、尖塔のほうから悲鳴が聞こえます。そして、尖塔から落下する人影を目撃する。わたしたちはすぐに尖塔へ向かう。邸宅と尖塔を繋ぐアーチを渡り、尖塔を下って外に出ると、そこには主寝室にあったように仮面を被った死体が横たわっていた。尖塔の頂上から落下したのだと思われましたが、やはりいくつか不自然なところがあった。

　ひとつには、わたしたちが尖塔から落下する人影に気がつく前に悲鳴が上がったことです。これは、頂上にいた犯人とも云うべき人物があげたものだと考えられる。

　さらに、頂上には雪に痕跡が残っていた。まるで人間でも引きずったかのように」

　シズカはその場で円を描くように歩きながら、

「とても奇妙な出来事です。駆け付けたロイーダ家の人たちは、主寝室の件と同じような態度で、死体はマルコであり、父親の死の心痛から身投げをしたのだと主張した。

　この主張の妥当性はともかくとして、第一の出来事と同じく、家族は解せない態度で、ひどく冷静でした」

　そしてシズカは続けて、

「第四の出来事です。あなたとイオンさんが口論をして、イオンさんが城壁へ向かう。それを追ったあなたを心配して、わたしたちも城壁へ向かいます。そこで、落下するイオンさんと思しき人物を目撃する。

だが、それは仮面を被っていた。主寝室のオイゲン、尖塔のマルコ、そして城壁でイオンが、仮面を被った死体となった――」

シズカはネネを見つめて、

「――これが今夜ロイーダ家で起こった出来事です。そして、断言できます。仕組まれた出来事はこれですべてで、もう終わったのだと」

「ええ、確かに終わりました」

ネネはつぶやくように認めた。

「なら、すべての出来事を検証して真実に至ることが可能になったというべきでしょう。これらの出来事にはひとつの大きな共通する謎がある」

シズカは自分の頬を指先でつついて、

「仮面を被った死体は何を意味するのか？」

「主寝室で発見された死体は、寝間着姿に仮面を被っているという珍妙な扮装だった。寝台に横たわって眠るとき、仮面を被るものはいない。だから、これにはまったく別の意味があるのだと思われます。それは何なのか？

謎は他の二つの死体についても同様です。尖塔から身を投げた死体はなぜ仮面を被っていたのか。城壁から飛び降りた死体はなぜ仮面を被っていたのか？

　このまったく奇妙で、現実的な解釈が成立しなさそうな謎です。ただし、その本質的な意味をとらえれば、解くことは可能なのです。

　すなわち、仮面を被れば顔を隠せるということです。

　これはしごく当たり前で簡単な解釈にすぎませんが、それでいてよく本質をとらえています。仮面は顔を隠すために被せられた。こう考えて、推理を進めてみましょう」

　シズカは指を振って、

「死体の顔を隠すことに何の意味があるのか。さまざまに可能性は考えられます。これが殺人であったなら、頭部に傷痕があって、それが犯人を特定する手掛かりになるとか、あるいは殺人方法の特定に繋がったりすることを、犯人が警戒したとも受け取れます。

　ですが、これはもう少しシンプルに解釈して良いのです。

死体の顔を隠したのは、死体になったと思われた人物とは別人であるからだ」

「こう考えれば、すべての状況に合致する答えとなります」

「別人の死体？」

わたしは首を傾げた。

「そうです。これは別人の死体で、それを家人の死体だと偽ったのです。主寝室の仮面を被った死体は、オイゲン・ロイーダではない。尖塔から身を投げた仮面を被った死体は、マルコ・ロイーダではない。城壁から飛び降りた仮面を被った死体は、イオン・ロイーダではない。家人だと思わせるために死体は仮面を被っていた。

いえ、それは正確ではありません。そのように見せることが目的だった」

シズカは、射るような眼差しで、

「ネネさん、今夜の一連の出来事はこういうふうに解釈すれば理解できるんです。別人の死体に仮面を被せて、それを家人の死だと見せつけた。主寝室の寝台に寝かせた死体も、尖塔から投げ捨てた死体も、城壁から投げ捨てた死体も」

「シズカさん……」

「仮面を被った死体は何を意味するのか？　真実はこういうことです」

シズカは宣言する。

「誰も死んでいなかった」

三つの棺 ——ネネ

あなたは魔女だと、ロイーダ家に長年仕え、良き従者であるトッドは云った。

「魔女？」

わたしは、なぜそんなふうにトッドが思ったのか聞いた。トッドは親の代からロイーダ家に仕え、その奉仕ぶりから家族のような人だ。使用人たちの中でももっとも古株で、家系の秘密にも通じている。十六年前、エレナ・カタリンが出奔したとき、それを手伝ったのも彼だ。わたしがリサのことについて調べる過程で、トッドの語る内容は重要なものだった。

そのトッドは、ロイーダ邸の中庭の外れに在る厩の前にいて、眼前に在る汚れた綿布に包まれたものへ視線を落としていた。それは三つ並べられていて、彼の心に暗い影を落としているようだった。

「お嬢様は死を操ろうとなさっている。それは魔女の仕業なんでさ」

トッドは乾いた手をこすり合わせて、そうぽつぽつ云った。ルーマニアには、彼のように農村部出身で旧い体質の人間に、魔女を信じる人がまだいる。中世のおとぎ話のように解釈しているのではなくて、本当にいるのだと信じているのだ。

わたしはトッドのことを信頼していたし、彼のような年齢の人によくいるタイプだと理解していた。そして、彼の言葉を旧態依然のカビの生えた因習文化に染まったものだとは考えなかった。

「……そうかもしれない」

そう自分に云い聞かせなければ、心が折れてしまいそうだ。

「お嬢様がお生まれになった時は、ロイーダ家が光り輝いている時代でした。お祖父様は健在で、オイゲンさまもお若かった。ようやく待望の跡継ぎが出来たのだと、そりゃあ、大変な騒ぎでした。けれど――」

トッドの口調には苦さが混じる。

「――マリア様は、妹がオイゲン様と関係していると知って衝撃を受けておられた。そうした精神的なものが重荷となって出産も苦労されて、それであなたがお生まれになった後にすぐに亡くなられてしまった。その後に子供を産んだエレナ様は、悔恨に耐えられなかったのでしょう、ロイーダ家を離れるとおっしゃって、子供を連れて出奔された」

「父様の身勝手さを思い知らされるわね」

「決してオイゲン様を恨んではなりませんよ。すべてロイーダ家の血の宿業です。マリア様との間にできたお子が、お嬢様が男子であったなら、そうした悲劇もなかったでしょうから」

「祖父に妾(めかけ)をつくるように強制されて、それで母の妹に？」

「オイゲン様もお優しく、家系に縛られたお方です」

「確かに父様は優しい、優しすぎるくらいに」

だから、わたしは恨み切れない。家族を憎めない。いっそあの家族が憎悪を掻き立てるほどに邪悪であってくれたらと、そんなふうにさえ考えてしまう。

そうであれば、わたしは罪の痛みに苦しまずに済んだだろう。

「どうしても、おやりになるので？」

トッドは、もう止めることはできないと知っていて、それでも質問してくる。

「ええ、やるわ」

わたしは即答した。

仮面によって素顔は隠されている。その下の顔を、生来から長年にわたって仕えたトッドは理解してくれているはずだ。

　強くロイーダの血があらわれ、死を操らんとする魔女の顔だ。

「これだけの好機を逃す手はない。適任者があらわれ、機会を待たずして、頭部以外に外傷のない三つの死体が手に入った――」

　わたしはトッドの手を取り、

「――もう二度とあんなこと繰り返させたくはない。だから、ねえトッドお願い」

「ええ、お嬢様、わかっとります。わかっておりますよ……」

　彼はうなずく。

「すべて終わったなら、地下を埋めてしまいましょう。そして、古い血を守る一族は、また幾代も存続していく」

　涙を呑む。

「この罪を背負って」

地の底に在りて願うもの　――リサ

「病だと思われ、主寝室で仮面を被って死体となったと思われたオイゲン・ロイーダ、尖塔から身を投げたマルコ、城壁から落下したイオン、いずれも死んではいなかった。用意された別人の死体に仮面を被せて、死んだように見せかけた。だからこそ、仮面の中身を検められることをおそれて、死体は隠された」

「待って」

わたしは声を上げた。

「オイゲンの寝間着の袖口に付いた血の跡。あれが、オイゲン＝仮面の死体の証明なのだって、シズカは云っていたじゃない」

「ええ、そうです。しかし、それを見て、寝間着を死体に着せ替えることを思いつく人物が存在します」

「ネネが？　だって、ネネはわたしたちと一緒に応接室へ――」

「その前に、ネネさんはハンカチで汗を拭って、それを屑籠に捨てるという不可解な行動をしましたね。ネネさんはハンカチに口紅か何かで袖口の件をメッセージとして書き残して、オイゲンに伝えるのは可能だったでしょう」

「あ、それで――」

奇妙な行動にも納得がいった。

「証拠がありますか？」

ネネは瞑目して、それから聞いた。シズカは、

「死体を調べればあるいは何か判明するかもしれませんが、ロイーダ家は非協力的な姿勢を貫くでしょう。難しいですね。ただし――」

シズカは階上を見上げ、

「――死んだと思われていた人たちが見つかれば、欺瞞はたちまちにあらわになる」

階上に明かりが見えた。

この地の奥底に至る階段の途中に、三人の男が立っている。こちらを見るその顔は、いずれも見覚えのあるものだった。

「……父様」

ネネは頭を振った。

「もういい、ネネ」

オイゲンは、地の底の娘にそう声をかけた。

「最大の謎は、あの三人を、なんとしてでも死んだものとしたい理由でした。これはいっそう不可解だった。もしも、三人を死んだことにしたいだけなのだったら、もっとうまいやり方があったでしょう。それこそ、誰にも知られないようにして、死体をでっちあげるか、いっそ行方不明にでもしてしまえばいい。にもかかわらず、このロイーダ家の出来事では、いちいちわたしたちに目撃させている。その理由は何なのか？

これはロイーダ家をとりまく事情、そして国家間の状況。

戦争、それが大きく関係している。

健常な社会では謎ではない。でも、戦争の中で生きるなら、それは謎になり得る。

三人の男を死者にしたかった理由。それは。

徴兵されたくなかったからです」

ネネは仮面を脱いだ。それを地に捨てる。シズカを見るその目には、傷つき、涸れ果てた涙を拭って、それでもなお何かを為そうとする意志があった。

「あなたは納得できますか？

国家に強制されて、戦場へ送られる。

憎くもなく、恨みもない相手を、残酷に殺害する。

あるいは、犠牲になるのは自分かもしれません。

冷たい軀となって、それでも故郷へ帰還できればいいでしょう。

ですが、英雄たるべき兵士たちでさえ、荒れ地に打ち捨てられて、顧みられることがない。生きて帰還しても、戦傷を負い、反戦活動家の罵声を浴び、差別を受けながら生きる。

そんなことに耐えられますか？

家族であれば、愛するものであれば、どんなことをしてでも戦場へなどいかせないと、そう決意することは悪ですか？」

ネネは血がにじむほど唇を噛んだ。

「あなたは家族を救おうとした。ただ一心に。それが動機です」

シズカはそう云って、階上のオイゲンに視線を向ける。

「ネネを関わらせたくはなかった」

オイゲンが、重々しく口を開いた。

「ロイーダ家の血を存続させなければならない。徴兵されて戦場へ行けば、もはや戻ってくることは叶わないだろう。そう考えれば、とるべき道はひとつだった。わたしたちは、腕の骨を折り、足の骨を折り、重病を装って徴兵を逃れようと考えた。だが、追い詰められた国家は非道なものだ。使い捨ての道具に過ぎない兵士に、健全さなど求めていない。ただ銃弾の盾になって死ぬことだけが我々に求められるすべてだ」

「自傷行為の意味。ですが、無意味であったでしょう、腕を折ろうが足を折ろうが、重病であっても徴兵からは逃れられない」

「だから、この世から消えたことにしなければならなかった」

「医療関係者である我々を招いて、死体を見せつけるという方法をとったんですね」

シズカは、階上のオイゲンに聞いた。彼は首を振って、

「外国人の医師でなければならなかった。この国の医師ではだめなのだ。いや、国内の人間に頼むことはできなかったといっていいだろう」

「愛国心、国への献身ですか」

シズカの指摘に、オイゲンは苦い表情でうなずく。

「戦争の恐ろしさの、もう一つの側面だ。戦争が始まってしまうと、国民は一体的な支持を求められる。誰もが熱狂して、愛国心と献身を最上の美徳とする。

兵士として戦場へ赴くのは、そのあらわれだ。

徴兵を拒めば、非国民と非難を浴びる。国家もゆるしはしない。罪人として厳しい処罰が待ち受ける。

わたしたちに必要だったのは、この国に愛国心を持たない外国人で、なおかつ一定程度の社会的信用がある者――医師がふさわしい――だ。あなたは絶好の適任者だったのだよ」

「ロイーダ家は有力な家柄です。国家に口を利いて、便宜をはかってもらうこともできたのではありませんか？」

「無理だな」

オイゲンは乾いた笑みを浮かべた。

「この北マラムレシュでは、ルーマニア人は二級市民なのだよ。実際にそういう制度があるわけではないが、現実の扱いはそうだ。オーストリア＝ハンガリー帝国の領土にあっては、ハンガリー人こそが主。没落した我らに、徴兵を拒めるだけの力があると思うかね？」

「それでわたしたちに？」

「必要だったのは死体を確認し、なおかつ、その死に説得力を持たせることができる医療関係者。たとえ真実を知ろうとも、そのことを決して口外しない人材だ。それを、ネネが自ら集めた」

「適任者というわけですか」

シズカは考え込む。

「だから――」

シズカは、視線を鋭くして、

「――だから、他者の死体を運び込んだのですか？　死者の尊厳を踏みにじったのですか？」

「あれはわたしがやったことです」

ネネは強く頭を振り、

「すべてわたしが計画しました。父たちは、自らを傷つけ、それでも徴集されるならば仕方ないと考えていました。でも、わたしは納得できなかった。

ここは係争地に隣接しています。戦場にいけば、新鮮な死体が手に入るのはわかっていました。これを利用して、父たちを死んだことにできないかと、そう提案したのはわたしです」

「ネネさんが？」

「はい。これは覚悟を知ってもらうためです。理解してもらうためにやった。ただ徴兵されたくないから協力してくれと云って、あなたは協力してくれたでしょうか？　愛国心のない臆病者が、逃げ出すための口実を欲しがっている。そんなふうにとらえるだけではないですか？　ここに在る死者――」

ネネは両手を広げて、

「――主寝室で、尖塔で、城壁で死体を見て、わたしたちの切迫した事情を知ってもらわなければ協力は得られない。切実に、この死の意味を理解してもらう必要があった」

「徴兵を拒んで投獄されるのを恐れたからではなかった？」

「シズカさん、それをすれば殺されるだけです。ここは戦争をしている国、戦争がある場所、戦争が日常なんです。ロイーダ家はそこで生きている。無数の死者たちの上で」

「家族を守りたい。戦争へ行かせたくない。あなたの悲しみはよくわかりますが――」

「もちろん、それが罪だとわかっています」

ネネの瞳に炎が宿る。

「罪は償います。最初からそうするつもりでした。すべて終わったなら、あなたがそれをゆるしてくれるというのなら、わたしは罰を受け入れる気でいたんです」

「ネネさん？」

声の不穏な響きにシズカが表情を険しくする。

地下空間全体を揺るがす振動があったのはそのときだった。

「これは？」

シズカが頭上を仰ぎ見る。天井にあたる岩盤に亀裂が入っていた。

「ここは埋めてしまう予定でした。だいぶ古くなっていて、落盤の危険性があったんです。ですから、爆薬が準備されていました。先ほど、トッドに云って、その処置をしてくれるように頼んでおきました。もちろん、彼は地下にわたしがいることを知りません。ただの証拠隠滅ぐらいにしか考えていないでしょう」

「……最初から死ぬ気で地下に下りたのですね」

シズカが駆け寄ろうとするが、その前に大きな岩が落ちてきた。

「早く地上へ逃げてください。ここはもうおしまいです」

「ネネ！」

わたしは力いっぱい叫んだ。

「ばかなことやめて。あなたが死んだら、妹を助けることができなくなってしまう」

「……ごめんなさい、リサの妹のこと助けてからって思っていた。でも、きっと家族の誰かに血液型の適合者がいるから、もうわたしのことは放っておいて」

「ネネ……」

崩落が激しくなる。

身の丈ほどの大岩が、次々と落ちてくる。直撃したら助からないだろう。シズカは階

段に向かって走りながら、

「リサ、急いでください」

「でも、ネネを放っておけない」

わたしは首を振る。シズカは立ち止まってこちらへ走ってこようとする。

「あなたは行って。わたしもすぐ後を追うから」

「リサ……」

シズカは階段に向かって再び走り出す。

わたしは逆の方へ、ネネに向かって走った。

――ネネの気持ちはよくわかる。

わたしだって、妹を助けるためならどんなことでもする。たとえ、見ず知らずの死者の尊厳を踏みにじるような行為であってもためらわないだろう。

それにオイゲン・ロイーダにしろ、マルコ・ロイーダにしろ、イオン・ロイーダにしても、わたしとは血のつながった人物だ。決して他人事だとも思えない。

彼女は家族を守るために、欺瞞に満ちた夜を創造した。

だが、生来の優しさは彼女を苦しめている。

わたしは、そんなネネをむざむざと死なせるわけにはいかない。彼女がそうであったように、わたしにも、なんとしてでも守るべきものがあるのだから。

ネネは、放心したように上を見ている。雪のように岩が降ってくる様を、自らの最期の瞬間を見逃すまいと。

わたしは全力で走った。

落ちてきた岩が砕けて、手に、足に、体に、嫌というほど当たった。痛みをこらえて、ただひたすらに前へ進んだ。

もうもうと煙が舞い、視界が悪い。

あとすこしというところで、眼前に岩が降ってきて砕けた。それを回避しながら、なんとかネネの元にたどり着いた。

「リサ、急いで」

シズカが階段のところで待ってくれている。ランプを手にして、闇の中でこちらを誘導してくれている。

「ネネ、行こう」

「放っておいて」

ネネは泣いていた。子供みたいに、ぽろぽろ涙を流している。

「もう、たくさんなの」

「しっかりして」

わたしは叱咤(しった)して、その手に銀の指輪を握らせた。ネネの目が見開かれる。

「――これは」

「あなたは自由を得て、それで晴れやかに自分の道を歩んでって。あの人はそう云っていた。その想いを無駄にする気なの？」

ようやくあの人の想いを伝えることができた。

彼女の命を救ってくれる、この時になって。

ネネが嗚咽し、そうしてうなずいた。

わたしはネネの手を取って走り出す。崩落はいよいよ激しくなってきた。この分では、天井が抜けてしまうのではないだろうか。その下にいるわたしたちは生き埋めになってしまう。

「こっちです、リサ、走って」

シズカが激しく手を振っている。

わたしは石に打たれながらも、なんとか階段までたどり着いた。

「全力で上がりますよ」

シズカはまた走り出す。わたしもネネの手を引いてあとを追った。

階上で、オイゲンやマルコ、イオンが急げ急げと声を出している。

すでに息は切れていたけれど、弱音を吐いてはいられない。

こんなにも階段が険しいものだと思ったことはなかった。足元がふらつき、酸素が欠乏して頭が働かない。

思わず、段差に躓いてしまう。

倒れかけたわたしの身体をネネが支えてくれる。

「ありがとう」

「ごめんなさい、泣き虫で。もう足を引っ張ったりしない」

わたしたちは二人で並んで階段を駆け上がった。

「もう少し」

シズカが邸宅へ通じる細い隘路の前に立って振り返った。そこまでいけば、もう安全に逃げ切ることができる。あと少しで。

「ネネ、これが終わったら、妹に会わせるね」

「輸血のことでしょう？　だいじょうぶよ、しっかり協力する」

「それもあるけど、血が繋がっているうえに、輸血まですることになったら、もう実の姉妹同然よ。あの子、新しい姉ができるって知ったらきっと喜ぶ」

「うん――」

ネネが微笑する。

あと少しだ。

もう少しで願いが叶う。

ひときわ大きな揺れが地下空間を揺るがす。

地割れが走り、それは壁面に張り付いた階段をも崩した。

わたしたちの目の前で階段が崩落する。

空中に、わたしとネネは放り出された。

「リサ！」

シズカが走ってきて手を差し出した。ネネがその手を掴む。わたしは落下しかけて、ネネに手を摑まれた。

「引き上げるんだ、早く」

オイゲンとマルコ、イオンもやってきて、シズカを摑んで支えた。

わたしはネネの手にぶら下がっている状態だ。

遥か下方に闇があって、土煙の中でもうもうと凶悪な口を開けている。

「だめ。滑ってしまって引き上げられません」

シズカはネネの手をうまく摑めていない。手と手がすこしからんでいるだけで、今にも手を離して落ちてしまいそうだ。

いくら四人がかりでも、不安定にぶら下がる二人の人間を引き上げるのは難しい。

時間もない、今にも天井が崩れてきそうだ。

「ネネ」

わたしは必死に這い上がろうとするネネに向かって、

「妹の、エマのことをお願い」

「リサ？」

ネネがはっと顔色を変えて下を向く。視線が合った。

「お願いね」

「何を考えているの、リサ！」

──もしかしたら、と思った。

わたしが恐れていたことは、たいしたことではなかったのかもしれない。血を見ても平気で、それは自分の冷血な本性のあらわれではないかと疑った。ネネの葛藤を見て、彼女の想いを知って、それで自分の中に在る疑惑は、ただの思い込みなんだとわかった。

わたしはいつだって怖かった。

血を見ても平静でいられたのは、動揺を超えて、傷ついた人を救いたいと思ったからだ。

だから──

──後をお願い、ネネ。

「リサ！」

ネネの瞳に強い意志が宿る。

離れかけていた手に力がこもり、わたしの身体を引き上げようとする。

だが、彼女がシズカと繋いだ手が離れてしまいそうだ。

やるべきことはただひとつ。

わたしはネネと繋いだ手を離して……

トッドの手記

そう、エマからの手紙は、北マラムレシュでの寒々しい生活で、ゆいいつの温かな体験だ。埃をかぶった書棚から見つけた写真が最初のきっかけだ。ロイーダ家のオイゲンが、貴重なカメラを使って、愛人とその子供を写したものだった。

エレナ・カタリンは、オイゲンとの関係に悩んでいた。マリアという正妻があるにもかかわらず、彼はエレナとの関係を続けていた。リサという娘を出産した後も、オイゲンの寵愛は薄れなかった。

卑賤なわが身がエレナと関係をもったのは、彼女がオイゲンとの関係に疲れ果てていたゆえだ。そうでなければ身分の違いが決して過ちをゆるさなかったであろう。わたしにも妻はあったが、一時の気の迷いはあるものだ。過ちはただ一度きりであった。にもかかわらず、エレナは身ごもってしまった。オイゲンは気がついていないようだったが、エレナには確信があったのだ。

彼女がロイーダ家から距離を取ったのは、その過ちをオイゲンに知られることをおそれたからなのだ。

エレナは幼子を二人連れて生家のコドロア村に戻った。エレナからの便りは、それを報せるものがただの一度だけだった。彼女はもう誰にも頼らずに生きていくことを決めていて、関わらないで欲しいと頼んできた。

わたしは彼女の頼みを承知し、出奔した母子のことは忘れようと努めた。

皮肉なことで、エレナとは一度の過ちで成就した行いが、妻との間ではまったくうまくいかなかった。子宝に恵まれず、妻との関係は冷えていった。

年々、思いは募った。エマと名付けられた娘は、元気に過ごしているであろうか。病気などしていないか、友達はできているのだろうか。もう学校へ通うような年頃だ。幸せであってくれればいいが――

――エレナが抱いたエマの写真を見て、もうこらえきれなくなった。成長した娘を見たいなどという、だいそれた願いを抱いたわけではない。ただ、エマが元気にしているのかどうか、それを確かめたいと思ったのだ。

手紙を書いても、エレナが気がついて破り捨てるかもしれない。それでも構わないと思い切って、わたしは娘に手紙を書いた。

名前は伏せた。

返事など期待しなかった。我ながら、手紙の内容は唐突で支離滅裂だと思えたし、もしエマが読んだとしても、こんな手紙を真に受けるとは思えなかった。

一週間ほどの間は手紙を出したことを後悔したが、返信がきてみると、長い間忘れていた信仰を取り戻すほどに狂喜した。

ああ、少し丸みを帯びた少女の文字は、わたしにとって何物にも代えがたい宝物だ。

エマもまたわたしのことを理解してくれているようだ。わたしたちは密やかにやりとりをつづけた。特別なことは何もなかった。手紙に学校での日常の出来事などが書かれていると、わたしはどんな辛いことがあっても、たちどころに癒された。

エマのささいな話を聞き、わたしは北マラムレシュの天気や日常風景について書いた。

たったそれだけのことが何年も続いた。

事態が暗転したのはついこのあいだのことだ。

エマが病気にかかったというのだ。

手紙には詳しくは書かれていなかったが、どうもよくないらしかった。わたしはいてもたってもいられなかった。わずかな貯金を使って、首都へ人をやって調べさせた。

それで、エマが希少な血液型で、治療にはその希少血液がいるということを知った。

異父姉妹の姉――彼女はそれを知らないだろう――が、この北マラムレシュのロイーダ家へとやってくる。エマのために、彼女を救うために。
助けなければならない。娘の命を、何としてでも。

エマを救うため、彼女に適合する希少血液を提供してくれる人物が必要になる。

第一の候補は、父親であるわたしになるだろう。実のところ、自分の血液型を詳細に調べたことなどなかった。わたしは寒村の生まれで、そこはまったく文明的な環境ではなかったし、物心がついてから重い病気や怪我は経験しなかったため、血液型を調べる必要性がなかったのだ。

わたしが首都へ赴いて、エマを助けることができるのならそれが一番であろう。娘のためなら、わたしはこの体に流れる血をすべて捧げてもいい。今すぐにでも北マラムレシュを発って、首都へ行こうとさえ考えていた。

だが――

愛する娘を想って、わたしはより慎重に、自分に冷静になれと云い聞かせた。もしも首都へ行って、エマと血液型が適合しなかったら？　その可能性は無視することができなかった。わたしの両親、縁者にはそうした特別な血液型の人間はいなかった。それはつまり、エマの血液型が母系からの遺伝である証左だ。

今、ロイーダ家は切実な問題に直面している。

このままなら家は崩壊して、家人は死に絶えるのだ。

エマのために、それを防がなければならない。それはわたしに重大な決意を強いるものだ。この地にいる人間すべてが敵に回る可能性がある。国や、社会や、法や秩序がわたしを糾弾するであろう。

しかし、それがなんだ。

エマはわたしにとって、血を分けた娘だ。

この暗い人生における最後の希望だ。娘が元気に生きていてくれることが、どれだけの救いになるか。

――わたしは死のうと考えていた。

疲れ果てていたのだ。

それはほんの数日前のことだ。

ロープを手にして、それをどこか適当なでっぱりにかけて首を吊ろうと思っていた。

配達人は、家内の状況に頓着せずに立ち去った。

わたしは、ぼんやりと家の戸口の方を見た。それから、郵便受けを見に行った。

そこにあったのは、エマからの手紙だった。

夢中で封筒を開いた。中に入っていた便箋を読んで、涙がこぼれた。

娘を救うために、希少血液がいる。

そのためなら、この世界のすべてを敵に回しても構わない。

どんなことをしてでもロイーダ家を救う。

それが、わたしにできるゆいいつのことなのだ。


戦場の記憶が思い出される。

耳をそばだて、塹壕（ざんごう）に落ちてくる砲弾の気配におびえた。汚泥をかぶって這いつくばり、いつ自分の頭が砕かれるのかと震えた。そこでは怖ろしいほど感覚が鋭敏になる。銃火の音、毒ガスの臭い、そうしたものに全神経を集中した。心理的圧迫に耐えきれず、精神に異常をきたすものは珍しくなかった。

凍える夜、塹壕の中でまどろんでいたとき、隣にいた同僚が、ついに耐えかねて立ち上がり、ひきつるような悲鳴を上げ、そうして銃弾で頭を撃ち抜かれるさまを見た。わたしはほんの五分ほど前に、彼と配給される糧食の乏しさについて愚痴を云ったばかりだった。戦場に行けば、誰もが戦争神経症と無縁ではなかった。

わたしもまた、塹壕戦の『生き埋めノイローゼ』には悩まされた。穴倉にいると、爆撃で生き埋めにされるかもしれないという恐怖がつきまとうからだ。日常生活でスコップを握ると手が震える。暗い閉所には特に敏感で、わたしはそうした場所に長時間いるのが難しかった。

だから、スコップを持つ手は小刻みに震えた。かなりの精神的な負担だが、こればかりは致し方ない。地下に通じる開口部は鉄の板で閉じられていて、その上に土や藁をかけて偽装していた。それらを取り除かなければならなかった。そうした作業はどうしても塹壕掘りを想起させる。わたしは何とか耐えて、土や藁を除けて、鉄の板をはがした。

スコップを放り出して、次に死体を運び出す。脱力した肉の塊を抱えるのは困難なので――それもまた戦場で覚えたことだ――両足を持って地面を引きずった。

死体を扱うことについてはなんとも思わなかった。

戦場での体験も役に立つことはある。あの地獄の中で、自分の中に怪物が生まれたことはよくわかっていた。わたしだけが特別なのではない。あの時あの場所にいた皆が心の中に怪物を生んだのだろう。

あるものは、怪物に心を食い尽くされた。あるものは、怪物に心を乗っ取られた。どれも大きな違いではない。たしかなのは、鈍麻して人の死に心が動かなくなるということだ。

わたしはぽっかりと開いた地下の穴へと、死体を投げ落とす。

この穴がイェレの井戸と呼ばれているのは皮肉でもあり、云い得て妙でもあった。

ひと仕事終わった。

次の仕事にかからなければならない。

エマを助けるために、まだやることが残っていた。


尖塔の上から、死体を引きずり落とす。

吹雪にさらされ、体はすっかり凍えていた。

わたしにとって寒さは恐れることではなかった。あの戦場の寒さに比べれば、この塔の上で寒風にさらされる程度のこと、春のうららかな風と変わらない。あの戦場の荒涼たる眺めに比べれば、この尖塔から見える景色のなんと素晴らしいことか。

邸の方で、灯りに動きがある――

――どうやらうまくいった。

踵を返して、塔を下りる。

あの二人に出くわすのは得策ではない。

だから、ちょっとした工夫が必要になるだろう。

わたしは足を止める。彼女たちは、まず死体を確かめようとする。そうだとするなら、すぐに塔を上がってきたりはしない。

しばらく階上で待って、やり過ごせばいい。

二人が塔の下で死体を確認している隙に、階段を下って塔を出てしまえばいい。

そうすれば、姿を見られる心配はないだろう。

階段で、一時の休息をとっているとき、急速に背後の闇に呑み込まれるような心地がした。戦場の後遺症、あのいまいましい『生き埋めノイローゼ』だ。壁に囲まれた閉所では、特に頻発する。

耳をつんざく銃火の轟音が近づいてくる。それとともに動悸が激しくなる。凍えているはずの体から汗が噴き出してきた。

嫌だ、逃げ出したい。

まだ留まっていなければならない状況にもかかわらず、わたしは階段を駆けだそうとしていた。

だが——

エマ。

あの子を想って、わたしは踏みとどまった。銃火の砲撃は止む。迫っていた闇は薄れていく。動悸は治まった。

冷静さを取り戻して、階下の様子をうかがった。

ちょうど、女性二人組が塔の中に入って、階段を下りていくところだった。それを見送って、アーチの方に出た。

城壁へ死体を運ぶのはかなりの重労働になった。

人間というのは、生きているときと死んだ時で体重が変化するという俗説を聞いたことがある。それは魂の重さのぶんだけ死後は体重が軽くなるという、ばかばかしい内容だった。わたしから云わせると、それは逆で、人間は死後にひどく重くなる。こうして死体を引きずっているときに感じている異様な重みがそれを証明していた。

死体は脱力しているから扱いづらくなっているのだが、死体の重みというのは手に残って、いつまでもその感触が忘れられなかった。

いくつもいくつも、死を扱ってきたはずなのに、その重みは消えない。積み重なるようにして、自分の背に載せられているような心地がする。死に心が動かなくなっても、その重みだけは変わらずに感じ続けている。いつか解放される日が来るのだろうか。

つづら折りになった階段を上がると、そこは開けた場所だ。ロイーダ家がまだ城塞であったころの名残のひとつ。城壁だ。

普段から人の出入りはない。雪で塗り込められた白の世界が広がっている。城壁の下は、垂直に落ち込むように崖になっている。崖下は森となって広がっているが、闇と吹雪で視界不良の中では視認できない。

この風景を見たのははじめてではなかった。過去にもこの城壁にやってきて、眼下に広がる黒々とした森と、遥か遠方に見えるカルパチア山脈を望んだものだ。

ふと、過去の出来事が思い出された。

この城壁で景色を望んだとき、そこにネネ・ロイーダがいたからだ。

なぜ、唐突にそんなことを思い出したのかわからなかった。確かにこの場所にはほんの数えるほどしか入ったことがないから、偶然にネネ・ロイーダと一緒にいたときのことが思い出されても不思議ではない。連想をするほど彼女に拘泥したつもりはなかったが――

――いや、ネネ・ロイーダが語った内容のせいだ。彼女は、あの時、城壁の縁に立ってこう云ったのだ。

『死の季節を知っている？』

もちろん、お伽話は知っている。ルーマニアの秋から後は、ハーブを摘んではならないとする民間伝承だ。魔女の伝説が数多く残る、この国特有の警句だが、ネネ・ロイーダは妙にそれにこだわっていた。

『わたしは魔女なの』

死のシンボルとなる、秋の国の娘。

それは、女性の悪魔であるイェレのマスクをつけることを強要された娘の、自分の境遇に対する皮肉だったろうか？

真っ暗な崖下に向かって、風雪がごうごうと流れ込んでいる。

ふいに寒気に襲われて、ひどい恐怖を感じた。

首尾は整った。

これですべてうまくいくはずだ。

疲れた体を引きずって、ねぐらへと戻ってきた。暖炉の火はまだ残っていたが、かすかにくすぶっている程度で今にも消えそうだ。薪をくべて、もう一度火を熾(おこ)しなおそうかと考えてやめた。体を温めたところで無意味だ。

やらなければならないことはまだ一つ残っているが、それは難しいことではない。疲れた体のままでも問題はなかった。

だが、気になっていることがあった。

じっくりと考えてみたい問題だ。

それを整理するために、この手記を書いている。

――そもそも、最初からしっくりしない点があった。

ネネ・ロイーダの目的は、ロイーダ家を救うことにあったはずだ。

今回の出来事はそのためのもので、わたしはエマを助けるためにそれを助けようと考えた。そうすることで、ロイーダ家は安泰となり、エマを救うための首尾は整う――実際はリサという異父姉妹の働きかけでそれは実現する――はずだ。

だが、城壁の縁に立ったとき、ふと思い出された感覚がわたしに疑問を抱かせる。

イェレのマスクだ。

あの仮面のことが気になって仕方ない。

もしもわたしの覚えた違和感に間違いがないとすれば、それはいったい何を意味するのだろうか。根本的な勘違いがあって、わたしの思惑に狂いが生じないか、それだけが心配だった。

イェレ・ムンドレレ・ヴントアセレと呼ばれる者は神話の中の存在だ。ルーマニアの民俗舞踊カルーシュで重要な役割を担う。ネネ・ロイーダはかつてそのイェレの役を担ってカルーシュに参加したことがあった。顔を隠す必要に迫られたとき、その時に使ったイェレのマスクを被ったのはかなり皮肉めいている。

その奇妙でありながら、なんでもないエピソードが、あの城壁に立ったときの心象風景と重なり、違和感となっている。
イェレの役を担う、か。
もしかすると、イェレのマスクとは……。
だとするなら、彼女は。
背後で、扉が開いた。
猛烈な勢いで、雪が吹き込んでくる。
そこに立っていたのは——

真実の仮面

『死の季節』を知っているだろうか？

ルーマニアの秋のことだ。この国の旧いお伽話で、秋分以降のハーブは死の季節のものとして、摘まずに枯らさなくてはならないとされている。それは魔女のハーブなのだ。

お伽話はこう続く。美しい双子の姉妹が、意地悪い継母に家を追い出され、それぞれが春の国へ、秋の国へと行く。春の国の娘は、春に咲く命のシンボルのハーブとなり、秋の国へ行った娘は、秋に咲く死のシンボルのハーブとなった。


轟々と風が、雪とともに吹きつける。ロイーダ家の邸宅からほど近く、城壁の傍に在るあばら家は、戸板が外れかけて、がたがたと騒がしく鳴っていた。

雪を踏んで、シズカはあばら家に踏み入った。すっかり炎が消えて、冷めきった暖炉の傍に初老の男が倒れている。御者としてロイーダ家に仕えたトッドだった。

歩み寄って脈を確認しようとして、手が止まる。

その胸元に抱くようにして、彼が遺した最後の手記と、最愛の娘が書いた手紙があった。シズカはそれらに素早く目を通してから、トッドの身体を調べはじめた。

死因は――

「初老の下男に、この猛吹雪の中での重労働はひどく堪えたようです。死体を運搬し、死体を始末して、自らもまた死体となる。皮肉ですね」

背後から声がした。振り返ると、そこには漆黒の外套を着込んだ仮面の女が立っていた。

「心筋梗塞といったところでしょうか？」

「いえ、背中にしっかりと刺傷が残っています。背後から一突きされたのですよ」

「あら」

意外だというふうに仮面の女は、

「それは不幸なことね」

「不幸？　確かにそうでしょうね。哀れなほどに、弄(もてあそ)ばれて命を落としたのですから」

「同情の余地があるかしら？　その男はまぎれもない怪物よ」

「そうですか、原因は？」

「さて、戦争後遺症といったところでは？　トッドは従軍の経験があって、北マラムレシュでの戦闘にも加わっていた。年齢もあって、今度の戦争にはまだ招集されていないようだったけれど」

「確かに、そうした事情はあったのでしょうね」

吹きすさぶ寒風よりも、シズカの声は凍てついていた。

「あなたはいったいどうしてこんな場所に？」

「真実を知るためにきました」

　シズカはゆっくりと立ち上がった。仮面の女と正対する。

「真実？　あなたは地下でそれを知ったはずでは？」

「ロイーダ家の人たちにとっては、あれが真実であったでしょう。徴兵から逃れるための工作として、偽の死体を調達してわたしたちを目撃者にした」

「それでじゅうぶんじゃない？」

「確かに死体まで見せなければ、平和の中で生きたわたしたちは協力しなかった。あれは最初からそのような意図であったともとれます。医師の目を誤魔化して、偽の死体で本人の死をでっちあげるのは、いささか無理がありますから。ただし、一連の出来事に付きまとう、妙な感覚を忘れてはいけません」

「妙な感覚？　面白いことを云うのね、ロシア人は。あら、失礼、日本人だったわね」

「何者かに仕組まれた意図、それがすべてに通底して奇妙な感覚を抱かせる。あれは、本当に優しいネネ・ロイーダが考えたことであったのか。温厚なロイーダ家の人たちが仕組んだことであったのかと」

「徴兵を逃れようと、家族を守ろうとして仕方なかったのでは？」

「ええ、そうでしょう。本人たちもそう信じていた。ここで果てている怪物もまた協力して、そう信じた。主寝室に死体を運び入れた。尖塔へ死体を運んで落とした。城壁に死体を運んでこれも落とした。すべて、そう信じればこそです」

「何が云いたいの？」

仮面の女は微かな苛立ちを見せた。

「真実は別にあるということです」

シズカは一歩前へと歩み出た。

「一連の、仮面を被った死体という事件性の感じさせる出来事において、不可解な点がひとつあります。それはネネ・ロイーダには必ず不在証明が成立しているというところです。

主寝室で異変があったとき、ネネ・ロイーダはわたしたちと応接室にいました。主寝室から死体が運び出されたとき、ネネ・ロイーダはリサと一緒にいた。

尖塔から仮面を被った死体が落とされたとき、ネネ・ロイーダは玄関からあらわれて、尖塔へ行っていない証明になった。城壁の時は、足跡によって関与が否定された。足跡の工作をしている時間はなかったと、わたしとリサによって認められるからです」

「何よりの証拠じゃない」

「わたしたちに目撃させて、利用する真実とはそれなのです」

シズカは、横たわった下男の傷口を確かめた手、その血に濡れた手で、仮面の女を指さした。

「何のつもり？」

「なぜ平静なのですか？

ネネ・ロイーダは血を見るのが苦手です。優しく気弱な性格だからです。

なぜ救命しようとしないのです？

リサ・カタリンなら倒れた男を助けようとします。それが彼女の使命だからです。

血を見ても平然としていて、傷ついた人を助けようともしない」

シズカは、

「あなたが真犯人ですね、死の魔女、いえ――」

首を振って、

「――アル」

「ネネ・ロイーダには想い人がいました。それは二年前の首都攻防戦で行方不明になり、おそらくは亡くなったのだと思われていた。ですがアルが実は生きていて、二年前の首都攻防戦のさなかに、ある企みが行われたとしたらどうでしょうか？

ネネ・ロイーダは、自由を希求していました。近親で婚姻をするという、ロイーダ家の慣習を忌避して、そこから逃れたいと考えていた。そこで勃発した戦争は、彼女にとって得難い好機だった。

首都で自由な立場を得たいという彼女の望みを聞いて、アルという幼馴染は決意します。彼女の代わりとなってロイーダ家に戻るのだと。

かなり突飛な発想です。しかし、まったく不可能ではない。いえ、実現の可能性は高かったといっていいでしょう。

なにしろ、同じ血筋で、年頃も同じくらいですからね。

アルという名の、もうひとりの死の魔女。

男性のようにも思われますが、女性であるのは間違いありません。

ロイーダ家の系譜は、内婚を重ねていたせいで、ひどく容姿が似通う傾向にあった。

ネネ・ロイーダとアルも姉妹のように似通っていた」

「アルなんて女はいない」

仮面の女が叫んだ。

「アル、とは確かに男性名です。しかし、気易い相手を愛称で呼んだのだと考えれば納得できます。つまり、アリスとか、アリシアとか、ALが頭に来る名前だったのだと考えればごく自然です」

シズカは相手の反応に無頓着で、

「ネネ・ロイーダの願いは叶えられます。アルが軍に志願していたのも好都合でした。女性が軍人となる例はそれほど珍しいわけではありません。ロシアは実戦に女性部隊を投入していますからね。

リサとエマの姉妹と、アルは首都攻防戦の最中に邂逅した。泥まみれになって汚れたアルは性別不明の一兵士に見えたことでしょう。リサが自分とそっくりの容姿であるはずの人物に気がつかなかったのはそういう理由です。アルは重傷を負っていましたが、なんとか一命はとりとめた。

そしてそのときに最初の入れ替わりが行われた。

アルを行方不明者に仕立て上げ、ネネ・ロイーダと立場を交換します。ネネ・ロイーダは自由を得て首都に残り、アルはネネ・ロイーダとしてロイーダ家に帰る。最初の算段はこんなものだった。アルがネネ・ロイーダになることを承諾したのは、彼女がネネ・ロイーダの忠実な信奉者であり、ネネ・ロイーダのためならばどんなことも厭わなかったからです。

仮面の存在は、彼女たちの入れ替わりに一役買った。顔はそっくりですが、やはりちょっとした表情などに性格があらわれてしまうものです。アルは、ネネ・ロイーダほど心優しい人間ではなく、その自覚もあった。

家族とある程度の距離があれば――前妻の娘というネネ・ロイーダの立場はやはり好都合だった――入れ替わりに気付かれる心配はなかったでしょう。

しかし、戦争の長期化がその思惑に影を落とします。ネネ・ロイーダは二年ほどを首都で過ごした後、家族の行く末を心配して帰郷を決め、ロイーダ家を救うために徴兵を免れる方策を講じることになったからです。

そう、このときから単純な入れ替わりは入れ替わりではなくなったのです。

ネネ・ロイーダ本人が帰ってきても、日常生活に支障はなかった。なにしろ、首都に出るまではアルもロイーダ家で生活していたのですからね。ネネを名乗るアルが首都から戻り、次にアルを名乗っていたネネが帰ってくる。どちらにしても不都合は生じない。今回はネネ・ロイーダが一人である方が何かと都合が良かったために、アルの存在が隠されただけのことです。

ロイーダ家で起こった一夜の出来事の最中、最初にわたしたちを出迎えた人物は、ネネ・ロイーダ本人ではなく、アルであるあなただった。リサはかすかな違和感を覚えています。オイゲンの腕ににじんだ血にも動じなかった。パパナシを手作りしたり、やんごとなき血族の令嬢としてはひどく庶民的なところがあった。

主寝室で起こった第一の事件の後、私室でリサと会ったのが本当のネネ・ロイーダです。主寝室の死体が——トッドによるものです——消えた後に、ひどく動揺した様子を見せたのも、本物のネネ・ロイーダだった。こうして二人で事件を組み立てていく過程で、何も知らされていない優しいネネ・ロイーダが表面上の計画を、その裏で冷徹なアルが真の計画を進めたのだとわかります。

舞台劇では、一人二役ということがよく行われますが、これはもう少し複雑な事例でしょう。仮面を用いて、時には素顔をさらして誤誘導を誘うほど完成されたひとつの役を演じ切るということ。

ネネ・ロイーダは二人一役だった」

「ルーマニアには古いお伽話があるそうですね。意地の悪い継母に家を追い出される、美しい双子の姉妹。それぞれが春の国へ、秋の国へと行く。春の国の娘は、命のシンボル。秋の国へ行った娘は、死のシンボル。

自分のことを秋の娘だと、ネネ・ロイーダは考えているようでした。ですが、お伽話で語られるハーブはイヌサフランで、季節を問わず毒を持っているのです。春の国の娘もまた、死と無縁ではない。

アル、あなたのことです。

そう理解すれば、一連の奇妙な出来事が、あらわになってくるではありませんか。

二人一役の最大の利点は、ある人物がその場所にいたと思わせることです。

ネネ・ロイーダという仮面の女が、不在証明――アリバイ――を確立できる点にあります。

彼女が確立したアリバイの影で、アルは自由に動き回れた。

おかしいではありませんか。

誰も死んでいないのだとしたら、これが罪ではないのだとしたら、どうして二人一役でもってアリバイを確立しておく必要があるのか？

逆説的ですが、仕組まれたアリバイの存在が、一連の出来事に疑問を抱かせるのです。

仮面を被った三人の死体、戦場で調達されたというその死体は、本当に戦死者なのか。

そう都合よく、頭部だけに傷のある死体が三人も調達できるのか。

わたしたちが北マラムレシュに到着するタイミングで？

いくら戦地と隣接していても、無理がある。

ならば答えはひとつです。

偽装殺人のために、実際の殺人を行った。

あなたが殺害したのですね？」


「偽装殺人を計画したロイーダ家。そのロイーダ家とネネ・ロイーダを救うために実際の殺人を犯したアル。仮面を被った死体の意味とは、顔のない死体と思わせて、犯人の側が入れ替わってアリバイを構築することにあったのです。


これは非常に巧妙です。

仮面を被った死体を見て、誰もが死体の入れ替わりを疑います。

死んだのは別人だ、実際にはオイゲンは死んでいないと確信します。

事実そうなのですから、当たり前です。出てくる状況証拠はすべて偽装殺人を意味し、
そして真実は、オイゲンやロイーダ家の人たちは生きているというものです。嘘は綿密な捜査の前では無力ですが、真実はどんな捜査でも覆すことはできません。

実際の殺人は別の場所、別の犯人によって行われた、別の事件。

これが二人一役によって構築されたトリック。

偽装殺人を作り出し、偽装殺人の犯人であるというアリバイを用意する。それが実際の殺人と犯人を隠蔽してくれるのです」

「証拠がある？　二人一役だったという証拠が？　わたしがネネ・ロイーダではないっていう証明可能な材料があるの？」

「主寝室の死体が消えた後、わたしはネネ・ロイーダに袖口を摑ませて、ボタンに彼女の指紋をつけさせて、回収しました」

「……周到ね」

「対策です。主寝室の死体が消えたとき、二人一役による不在証明の確立を疑いました。だから、ネネ・ロイーダの本人確認ができる証拠を確保しておいたのです」

「あなたを見くびっていたみたい」

「死体には、あなたの指紋が残されているはずです。そうしなければ、ネネ・ロイーダの無実、彼女が殺したのではないという前提をつくれませんからね。寝巻のボタンにつけたのでしょう。仮面に寝間着姿という奇妙な恰好はそのためだった。寝巻のボタンは着替えがしやすいように少し大きめなものがついていて都合が良かった。一方で、あなたの指紋は、戦場で付けられた何者でもないものとして認識されるはずだった。

　ネネ・ロイーダだけは罪を免れるように計画されていたのです。

　今、あなたを警察に突き出せば、すべてがあきらかになる。

証明は成されているのです。お認めになりますか？」

うつむいた仮面の女は低い声で、

「家族が徴兵されて戦地へ送られるのは嫌だから、死んだことにするのに協力して欲しいって、そう頼んだらあなたは協力してくれた？」

「その家族を救っても、別の人が戦地へ送られるのだと知っていれば、躊躇したでしょう」

「戦争の当事者ではない人間らしい綺麗ごとだよ。わたしは戦争を知ってる、あんな地獄に家族を送られるってわかってたら、絶対に我慢できるわけない。あんな、あんな――」

仮面の女は、歯をがちがちとかみ合わせて震えながら両腕で自分自身を抱きしめた。

「戦争後遺症ですか」

「今でも夜が怖い。砲撃の幻覚を聞いて飛び起きる。目玉や脳漿（のうしょう）を散らして、倒れる人たちの映像が頭から離れない。土煙と硝煙の臭いが、鼻にこびりついている。何を食べても血の味がするんだ。わたしはお腹が空いて、それで――」

がたがたと震えて、

「――わたしが殺した。前線からの逃亡兵だった。ああいう連中の気性はよくわかってる。少し誘えば、納屋に連れ込めた。銃はあったから、至近で頭を撃った。仮面を被せてしまえば、どこの誰だかわかりっこないから」

「ニセの殺人を装うために、別の本当の殺人を行った。死体を調達するためとはいえ、これは常識的な社会では不合理な行いです。殺人劇のために死体が必要だからと、本当に殺人を犯すというのはばかげているでしょう。しかし、戦場に送られれば死が待ち構えている。一種の死刑場に送られる人を救うため、身代わりとなる死を用意したのだと考えれば納得できます。本物のネネ・ロイーダは死体を戦場から調達できると考えましたが、それは非現実的でしょう。あなたはもっと冷徹で、現実的な手段をとった。

戦場なのだから殺人を犯しても構わない。

あなたは、戦場に出たことがある経験から、この観念に憑かれて死体を調達した」

「必要だったからね」

「トッドはなぜ殺したのですか？」

「あの怪物、ネネとわたしが演じるネネの違いに気がつきかけてた。調達した死体もわたしが殺したものじゃないかって疑ってたふしがある。面倒になりそうだったから、始末する必要があった」

「保身のための隠ぺい工作ですか？」

「そうじゃない、ばれたらネネが悲しむと思ったから」

「ネネ・ロイーダのために？」

「ああ、そうだよ」

「ネネ・ロイーダが地下空間で自殺を意図したのは、あなたの行いに気がついたからではありませんか。地下へ下りて死体の仮面の下を確認した」

「ライフルじゃなくて、拳銃を使ったんだ。それしか手に入らなくって。ネネは首都攻防戦で戦場を見てる。死体の顔に残った疵が小さすぎると思ったんだろう」

「ネネ・ロイーダは何も知らなかった。だから、戦場の死体ではなくて、あなたが殺したのだと確信してひどく動揺した」

「すべてはネネのためにやったことだった。だから、彼女が自分をそんなにも追い詰めてしまうのなら、わたしのやったことを彼女が重荷に思うのなら、わたしは自分の罪は自分で償いたいって思う」

　彼女は拳銃を取り出して銃口を自分のこめかみにつけて、

「もっと早くにこうしておくべきだった。戦場の怪物になる前に」

「ひとつだけ、わからなかったことがあります」

「なに？」

「あなたの動機です。北マラムレシュのロイーダ家の一夜物語。それにおいては、動機こそが最大の謎だった。ネネ・ロイーダは何のために三つの死を謀(はか)ったのか。そして、あなたはなぜネネ・ロイーダのためにそこまでするのか」

「あなた、人を好きになったことがある？」

彼女は、ひどく透明な笑みを浮かべた。

「……いいえ」

「だったら、理解できない。

ネネは優しくてね、妾の子に過ぎなかったわたしに姉妹同然に接してくれた。子供のころからずっと一緒だったよ。ネネが弟との結婚を強制されるかもしれないって知ったときは、絶対に逃がしてあげようと思った。

でも、ネネは結局、家族を捨てられなかった。優しすぎて、自分の自由を優先できなかったんだ。だから、わたしが自由にしてあげようと思った。

ロイーダ家を救って、ネネが何も気にしなくていいようにしてあげようと思ったんだ。

そのために死体を調達するなんてなんでもなかったよ。

そのために殺人をするなんてなんでもなかったよ。

わたしがどんなに汚れても、ネネが救われるなら」

「ネネ・ロイーダが自殺を思いとどまったのは、リサがあなたから託された指輪を返したからです」

「……首都攻防戦、怪我をして意識を失いかけていた時、ネネに再会した夢を見たんだ。

それで、銀の指輪を返した。あれは本当に夢だと思っていた。運よく味方の衛生兵に助けられて、野戦病院で意識を取り戻したとき、銀の指輪が無くなっているのに気がついた。

まさか、あれがリサだったとはね。指輪を失くしたこと、ネネには黙っていたんだけど、ネネはわたしが指輪をつけないのは想いを受け入れてないからだって、そんなふうに解釈してるみたいだった。辛かった」

「指輪を渡されたネネ・ロイーダがどんな思いでいるのかあなたにわかりますか？」

「いえ……」

彼女は唇を噛み、うつむいた。

「返ってきた指輪を見て、あなたの想いを知った」

「わたしは……」

その言葉を打ち消すように、背後から声が響いた。

「アル」

素顔のネネ・ロイーダが室内に駆け込んできて、彼女を抱きしめた。

「ごめんなさい、ごめんなさい、ごめんなさい、あなたがわたしたちのために人殺しまでするなんて、そこまでするなんて思っていなくて……」

「ネネ……」

彼女の手から拳銃が零れ落ちる。

「……そんなふうに思わせてくれるから、わたしは実行したんだ。人の良いロイーダ家ではできないことをしたんだ。

すべてはネネのために」

「アル、わたしの責任だから、わたしも一緒に罪を背負うから」

「そんなことさせられないよ」

二人の目からとめどなく涙があふれる。

そして、残酷な一発の銃声が響いた。

シズカははっとして素早く背後を振り返った。

起き上がったトッドの手に、アルの手から零れ落ちたはずの拳銃が握られていた。

アルの胸に赤い染みが広がっていた。

「アル！」

「いいんだ、これでいいんだ……ありがとうトッド……」

かすれる声で、アルは感謝する。

背後でトッドが今度こそ力尽きて斃（たお）れた。

「逝かないで、アル。わたし、誰にも、殺したり、死んだりして欲しくなかっただけなのに。戦争に行かずにすむようにって、ただそれだけのつもりだったのに」

ネネ・ロイーダが顔を涙で濡らして懇願する。

「そうだね、わたしも、そう思う。もう戦争は嫌だから……」

血を呑んで、彼女は最後に力を振り絞る。

「大好きなネネのために尽くせてよかった」

命の火が消えて、体から生命の鼓動が失われ、ネネ・ロイーダの絶叫にも似た声が響く。

「とても人間的な愛と献身――」

シズカは嘆息して、

「――戦争で人を殺さないために、人を殺した」

一九一八年十一月二十八日。

ルーマニア王国は『戦勝国』の立場を利用して、敗戦したオーストリア＝ハンガリー帝国のトランシルヴァニア地方で住民投票を行い、同地を独断で自国に併合した。

ロイーダ家の事件から、わずかな間での終戦だった。

エピローグ

姉さんが死んだと知らされたのは回復してずいぶん経ってからだった。

北マラムレシュのロイーダ家に看護婦として赴いた姉は、古い地下の遺構に入り込んで、落盤に巻き込まれたのだという。


――首都ブカレスト。

雨の日、カフェ・オ・レの甘さが口に優しく残る。

喫茶店『カプシャ』は、生まれ育った寒村から首都へ出てきて以来、学生生活を送る傍らで何度か足を運んでいた。首都では知られた店だけれど、欧州一流の文化があると信じる人たちで、いつもはごったがえしていた。

今日は朝から冷たい雨が降っているせいか、店内はがらんとしている。

わたしは表通りが良く見える席に陣取って、カフェ・オ・レとパイを注文した。そうしてから、テーブルに突っ伏して腕の中に顔をうずめた。頬にあたるテーブルのつるりとした木の感触、冷たい温度、香るような雨の湿気。耳をくすぐる程度のクラシック音楽のどれもが心地よかった。

病気が良くなって、学校生活にはほどなく復帰した。このまま卒業して、修道女となるか、あるいはどこかでうまく就職先が見つけられれば——戦争でどこも人手不足だからその心配はない——働きに出るのも悪くはなかった。

でも、心のどこかにぽっかりと穴があいたようで気力がわかなかった。身体は順調に回復したというのに、それを喜んでくれる人はいない。

ふさぎこむことが多かったが、久しぶりに北マラムレシュからの手紙が届いた。

守護天使さんからの便りだ。

その手紙はいつもと違っていた。内容はいつもの北マラムレシュのことについてではなくて、わたしに会いたい人がいるから、待ち合わせをしてほしいというものだった。

首都ブカレストの『カプシャ』にて。

誰が来るのかは書かれていなかったし、どういう用件なのかもわからない。

守護天使さんと長年にわたって文通していなければ無視しただろう。ただ、守護天使さんとの交流を抜きにしても、なんとなく行かなければならないという、不確かな予感めいたものに背を押されていた。

指定の時間より早く来て、カフェ・オ・レの甘さを口の中で弄んでいた。待ち合わせは嫌いじゃなかった。待ち人がやってくるのを見るのが好きだったから。

雨のブカレスト、濡れた石畳を、外套を着込んだ人たちが行き交う。

その中に、ふいに知った顔を見た気がして、わたしははっとする。

後頭部の方にあった眠気はすっかり去っていた。目を凝らすけれど、もうどの人がそうだったのかわからなくなっていた。

立ち上がりかけるけれど、夢だったのではないかという気がしていた。それほど切実に会いたいと願う人だったから、ほんの少し眠り込んでしまって、それで望むままの夢を見たのではないか。

ひどく落ち込んでしまって、席に座り直す。

背後で、入り口のベルが鳴った。

つられるようにしてそちらを見て、わたしは今度こそ驚いて立ち上がった。

黒い外套を着込んで、こちらを向いたその顔は。

「姉さん！」

わたしは全力で駆けて行って、抱きついた。

もう絶対に離さないと力を込めて、

「生きていたのね、絶対そうだと思った。姉さんが死んだなんて、信じられなかったもの。どうしてもっと早く会いに来てくれなかったの？」

「ごめんなさい」

どうして謝るの、姉さん。

どうしてそんなに困った顔をしているの？

どうしてそんなに悲しい顔をしているの？

「姉さん？」

「ごめんなさい」

その声が聞こえたとき、わたしは凍り付いたように動けなくなった。

わたしは抱きついて、向かって左側、姉さんの右耳に向かって話した。首都ブカレスト攻防戦で右耳の聴力を失った姉は、そんなふうにするとよく聞き取れなくて、首をかしげるような素振りをしたものだ。

それなのに――

「あなた、誰？」

「ネネ・ロイーダ」

彼女はそう名乗った。

姉が北マラムレシュに旅発つ前に話は聞いていた。ロイーダ家に自分とそっくりの人物がいるのだと。この人がそうなのだ。

よく見ると、何か辛いことを経験したように頬が痩せていた。姉のようなはつらつとした気力が感じ取れない。顔はそっくりでもやはり別人だ。

深く落胆する。

「今度のこと、本当にごめんなさい、エマ」

「いえ——」

わたしはうつむいた。涙がこぼれそうになって、必死にこらえた。

この人は、姉が死んだときのことを知っているのだろうか。それで、残された妹にそれを伝えようとわざわざ首都まで来てくれたのだろうか。

守護天使さんを騙(かた)ってまで——

ぐっと感情を呑み込んで、わたしは彼女を見る。

姉さんと同じ顔が、涙で歪む。

——会いたいよ、姉さん。

これからわたし、ひとりぼっちなの？

ネネ・ロイーダと名乗った彼女が、そっと指で涙を拭ってくれる。

「泣かないで」

「……いいえ、わたしのほうこそ、ごめんなさい。ネネさんが輸血をして、わたしを助けてくれたんだって聞きました。命の恩人の前で、こんなふうにするべきじゃありませんでした」

わたしがそう云うとネネ・ロイーダは困った顔をして、

「それなら、本当の命の恩人にお礼を云ってあげて」

「え？」

何のことかわからなかった。

入り口のベルが鳴る。

もうひとりあらわれた人物が、くったくなく笑った。

わたしの好きな、ヨーグルト入りのパンをトーストして表面をカリっとさせて、台所でこっそり食べているときの、ほくほくの笑顔。誰にも見せないはずの、そんな無邪気な——

「……姉さん」

こらえきれなかった。

涙が、あとからあとから流れ出た。

「ごめん、驚かそうと思ってネネに先に入るよう頼んだんだ……エマ？」

「姉さん」

わたしは顔がぐちゃぐちゃになって、姉の胸に顔をうずめた。

「生きて、いたんだよね？　夢じゃないよね」

「うん、ネネを助けたかったし、覚悟はしたんだけど」

姉さんの視線が、入り口の方へ向けられる。そこに、もうひとり女性が入ってきた。

「お初にお目にかかります」

「あなたは？」

「たまたま、危急の場に居合わせただけの者です」

「わたしの命の恩人だよ」

姉さんはそんなふうに不思議な人を紹介してくれた。彼女は、

「あなたには謝らなければなりません。もうひとり同じ顔をした人物が亡くなったのを誤魔化すため、リサが死んだことにしてもらったのです。ネネ・ロイーダと同じ顔の死体が出ると、色々と面倒があったものですから」

そう説明してくれる。

姉さんがもう心配いらないとうなずいて、

「地下に落下しかけて、ネネと一緒に落ちてしまいそうだったから覚悟して手を離そうとしたんだ。そうしたら彼女が――」

『本当に妹さんを助けたいと願うなら、ナイチンゲールの使命を帯びた者なら、あきらめてはいけません。犠牲によって生き残ったなどという心の傷を、妹に残すべきではありません。すべては――』

そのときのことを話す姉は笑って云った。

「すべてはエマのために」

【参考文献】

エリア・スタディーズ66　ルーマニアを知るための60章
六鹿茂夫〔編著〕　明石書店

現代の起点　第一次世界大戦　第1巻　世界戦争
山室信一　岡田暁生　小関隆　藤原辰史〔編〕　岩波書店

ナイチンゲール　神話と真実　新版
ヒュー・スモール　田中京子訳　みすず書房

国王カロル対大天使ミカエル軍団——ルーマニアの政治宗教と政治暴力
藤嶋亮　彩流社

クリミア戦争
オーランドー・ファイジズ　染谷徹訳　白水社

本書は書き下ろしです。

月原渉著

使用人探偵シズカ
―横濱異人館殺人事件―

謎の絵の通りに、紳士淑女が縊られていく。「ご主人様、見立て殺人でございます」。奇怪な事件に挑むのは、謎の使用人ツユリシズカ。

月原渉著

犬神館の殺人

その館では、密室の最奥で死体が凍る――。氷結した女が発見されたのは、戦慄の犬神館。ギロチン仕掛け、三重の封印、消えた犯人。

月原渉著

鏡館の殺人

姿見に現れる「死んだ姉」。「ころす」の文字……。この館では、鏡が「罪」を予言する――。少女たちの棲む左右対称の館で何かが起きる。

月原渉著

首無館の殺人

その館では、首のない死体が首を抱く――。斜陽の商家で起きる連続首無事件。奇妙な琴の音、動く首、謎の中庭。本格ミステリー。

月原渉著

炎舞館の殺人

死体は〈灼熱密室〉で甦る！ 窯の中のばらばら遺体。消えた胴体の謎。二重三重の事件に浮かび上がる美しくも悲しき罪と罰。

月原渉著

九龍城の殺人

「男子禁制」の魔窟で起きた禍々しき密室連続殺人――。全身刺青の女が君臨する妖しい城で、不可解な死体が発見される――。

伊与原 新著
青ノ果テ
―花巻農芸高校地学部の夏―
僕たちは本当のことなんて1ミリも知らなかった――。東京から来た謎の転校生との自転車旅。東北の風景に青春を描くロードノベル。

乾くるみ著
物件探偵
格安、駅近など好条件でも実は危険が。事故物件のチェックでは見抜けない「謎」を不動産のプロが解明する物件ミステリー6話収録。

王城夕紀著
青の数学
雪の日に出会った少女は、数学オリンピックを制した天才だった。数学に高校生活を賭す少年少女たちを描く、熱く切ない青春長編。

王城夕紀著
青の数学2
―ユークリッド・エクスプローラー―
夏合宿を終えた栢山の前に偕成高校オイラー倶楽部・最後の1人、二宮が現れる。数学に全てを賭ける少年少女を描く青春小説、第2弾。

河野 裕著
いなくなれ、群青
11月19日午前6時42分、僕は彼女に再会した。あるはずのない出会いが平坦な高校生活を一変させる。心を穿つ新時代の青春ミステリ。

河野 裕著
その白さえ嘘だとしても
クリスマスイヴ、階段島を事件が襲う――。そして明かされる驚愕の真実。『いなくなれ、群青』に続く、心を穿つ青春ミステリ。

新潮文庫最新刊

加藤シゲアキ著

オルタネート

吉川英治文学新人賞受賞

料理コンテストに挑む蓉《いるる》、高校中退の尚志《なおし》、SNSで運命の人を探す凪津《なづ》。高校生限定のアプリ「オルタネート」が繋ぐ三人の青春。

住野よる著

この気持ちもいつか忘れる

毎日が退屈だ。そんな俺の前に、謎の少女チカが現れる。彼女は何者だ？　ひりつく思いと切なさに胸を締め付けられる傑作恋愛長編。

町田そのこ著

ぎょらん

人が死ぬ瞬間に生み出す赤い珠「ぎょらん」。噛み潰せば死者の最期の想いがわかるというが。傷ついた魂の再生を描く7つの連作集。

小川糸著

とわの庭

帰らぬ母を待つ盲目の女の子とわは、壮絶な孤独の闇を抜け、自分の人生を歩き出す。涙と生きる力が溢れ出す、感動の長編小説。

重松清著

おくることば

中学校入学式までの忘れられない日々を描く「反抗期」など、〝作家〟であり〝せんせい〟である著者から、今を生きる君たちにおくる6篇。

早見俊著

ふたりの本多

—家康を支えた忠勝と正信—

武の本多忠勝、智の本多正信。家康の天下取りに貢献した、対照的なふたりの男を通して、徳川家の伸長を描く、書下ろし歴史小説。

デザイン　鈴木久美

すべてはエマのために

新潮文庫　つ－37－6

令和五年七月一日発行

著者　月原渉

発行者　佐藤隆信

発行所　株式会社新潮社

郵便番号　一六二―八七一一
東京都新宿区矢来町七一
電話　編集部(〇三)三二六六―五四四〇
　　　読者係(〇三)三二六六―五一一一
https://www.shinchosha.co.jp

価格はカバーに表示してあります。

乱丁・落丁本は、ご面倒ですが小社読者係宛ご送付ください。送料小社負担にてお取替えいたします。

印刷・錦明印刷株式会社　製本・錦明印刷株式会社

ISBN978-4-10-180266-4 C0193